嘿，
小家伙

Hey, Little Guy

温酒

著

嘿，小家伙

Hey,
Little
Guy

目录
Contents

01
STAR

- 恶龙夫君 _002
- 画师 _004
- 我不吃你 _006
- 巨龙之死 _007
- 猎豹与兔子 _008
- 啊！大灰狼 _009
- 嘿，小家伙 _010
- 白骨夫人 _011
- 春天来了 _012
- 老和尚 _013
- 外面好冷 _014
- 血族与孩子 _015
- 星星 _016
- 少年与公主 _017
- 仓鼠 _018
- 暖气 _019
- 鹡鸰 _019
- 座头鲸 _020
- 灵猫 _021
- 彩虹 _022
- 人工智能 _023
- 盲人 _024
- 月光 _025
- 鱼的记忆 _026
- 死神镰刀的妙用 _027
- 可乐 _027
- 幽魂的烦恼 _028
- 断指将军 _029
- 蠢猫与蠢人 _030
- 藏好 _031
- 蘑菇 _032
- 枫叶 _033
- 战马 _034
- 窃贼 _035
- 信 _036
- 清明 _038
- 枯骨 _039
- 歪脖树 _040
- 无限大 _041
- 辣椒 _042

. 鲨鱼	_043	. 影子	_048
. 忘记	_044	. 单车	_049
. 滑梯	_045	. 草莓	_050
. 苍耳	_046	. 井底之蛙	_051
. 美杜莎	_047	. 葡萄藤	_052

. 星空	_054	. 不冻港	_062
. 柳絮	_055	. 血糖	_063
. 金毛	_056	. 莲藕	_064
. 蚂蚁	_057	. 狼牙	_065
. 蜜蜂	_058	. 礼物	_066
. 稻草人	_059	. 黑白无常	_067
. 企鹅	_060	. 复生	_068
. 蒲公英	_061	. 斑马线	_069

. 中元节	_070		. 长颈鹿	_090
. 牛头马面	_071		. 老不死	_091
. 骑士	_073		. 耳后	_093
. 仙人掌	_074		. 数羊	_094
. 月亮	_075		. 强盗	_095
. 骨头	_076		. 父亲	_096
. 金鱼	_077		. 猎手	_097
. 幽灵	_078		. 熊猫	_098
. 麋鹿	_079		. 得失	_099
. 怀表	_080		. 小笼包	_100
. 两军	_081		. 乘龙	_101
. 魔王	_082		. 窃烛	_102
. 西瓜	_083		. 娃娃机	_103
. 小乞丐	_084		. 西瓜开门	_104
. 玩具骑士	_085		. 狼搭肩	_105
. 火柴	_086		. 睡神	_106
. 小狗	_087		. 你的国	_107
. 黑猫	_088		. 笨狗	_108
. 蛋黄粽子	_089			

03
SUN

- 龙王 _110
- 石狮子 _111
- 老槐树 _112
- 孟婆汤 _114
- 废物 _116
- 灯神 _118
- 猪妖师 _119
- 镰鼬 _120
- 小人鱼 _122
- 月老 _124
- 精灵 _125
- 悟空 _126
- 小鬼 _127
- 晴天娃娃 _129
- 山怪 _131
- 大侠与魔王 _132
- 孔明灯 _134
- 兔子 _135
- 异瞳猫 _137
- 故事家 _139
- 小蘑菇 _140
- 气球 _141
- 化龙 _143
- 空调 _145
- 神龙 _147
- 善事 _149
- 万圣节 _151
- 我愿意 _153

. 手影	_155		. 船	_191
. 猫妖	_157		. 刺客	_193
. 木星	_159		. 酒	_195
. 背后灵	_161		. 斥候	_197
. 饕餮	_163		. 取心	_199
. 蜘蛛	_165		. 僵尸	_201
. 鹦鹉	_167		. 魔头	_203
. 画中人	_169		. 参妖	_205
. 食梦貘	_171		. 书生	_207
. 移动城堡	_173		. 叶落	_209
. 降妖	_175		. 重生	_211
. 龙与骑士	_177		. 作家	_213
. 将军	_179		. 抢劫	_215
. 天使	_181		. 占卜	_217
. 月亮的样子	_183		. 黑熊怪	_219
. 刺青	_185		. 神仙	_221
. 父亲	_187		. 吃掉悲伤	_223
. 龙剑	_189			

04 SWeeT

- 土地神 _226
- 白泽 _228
- 孟婆 _230
- 杀手 _232
- 江湖 _234
- 少女魔王 _236
- 采蘑菇 _238
- 魔术 _240
- 狐妖 _242
- 大魔王不行了 _244
- 隧道 _246
- 佛像 _248
- 想要成为的人 _250
- 英雄 _252
- 长大 _254
- 白衣天使 _256
- 女兵 _258
- 小贼 _260
- 海盗 _262
- 高手 _264
- 刀客 _266
- 谪仙 _268
- 猪妖 _270
- 至尊 _272
- 士兵 _274
- 雷神 _276
- 驸马 _277
- 剑痕 _279
- 流氓 _281
- 山妖 _283
- 童心 _285
- 八次 _287
- 老狗 _289
- 玉佛 _291
- 蠢货 _293
- 公主 _295
- 财迷 _297
- 巫师 _299
- 少年 _301
- 贪吃猫 _303
- 恶龙 _304

01
STAR

嘿，抱住你了

恶龙夫君

少年天赋异禀，年纪轻轻就已经成了城里有名的骑士。他毕生的梦想，就是能做出一番事业，从此名震天下。

十九岁时，他等待的机会终于来了。

王国张贴了告示：公主被巨龙抓走了，打败巨龙的勇士，可以封官加爵，载入史册；还可以迎娶公主，成为驸马，享尽一生荣华富贵。

少年拿起剑，骑上马，上了路。

一路上，与他同行的有数十人，这些人大多在前往龙窟的路上就因路途难行而放弃了。到了龙窟附近，又有人被魔物所慑，决定放弃冒险。

只有寥寥数人最终进入龙窟，少年是其中一个。与他同行的，还有个眉清目秀的少女。

"你救什么公主？"少年总是愤愤地问她。

少女每次都轻飘飘地回上一句："你管得着吗？"

少年与其他人不同，他渴望自己是唯一救出公主的勇士，但他从不把同行者当作敌人。正因如此，少年既做先锋，又做垫背，被其他人当成炮灰。

"你真是傻得可爱。"少女常常讥讽。

可少年真的很强，哪怕遍体鳞伤，依然活了下来，更是没停下过前进的脚步。一路上魔物越来越多，勇士们几乎都放弃了，到最后，只剩下了遍体鳞伤的少年和少女同行。

少女渐渐不再嘲笑少年了。

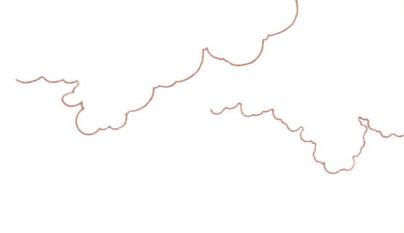

打倒最后一只魔物后,少年看到了巨龙的城堡,同时也看到了巨龙带刺的尾巴。

他本可以躲过这次攻击,却拔出宝剑,硬顶着格挡。巨龙比少年想象的还要强无数倍,一击之下,少年飞了出去。

少年知道,自己今天会死在这儿,但他毫不犹豫地又一次迎上了巨龙。

"你快逃!"少年强忍着痛喊道,头也不回。

巨龙愣了下,停了动作,被少年刺穿了胸膛。少年没想到是这种结果,下意识松开了剑。

"你真是傻得可爱啊。"巨龙沉默了会儿,叹息一声,重新化为少女模样。

"我现在没办法阻止你救公主了,"少女笑道,"快去吧!"

少年没动。

"别担心我。"少女将剑拔出,伤口的血立刻止住了,"这点伤只能阻碍我一会儿,荣华富贵等着你呢。"

少年摇头:"我不要荣华富贵,我要的是名震天下。"

"有什么区别?"

"区别在于,"少年笑了笑,"只要名震天下,可以不救公主。"

公主莫名其妙自己逃回了王国。国王猜测勇士与巨龙两败俱伤,于是下令派遣军队征讨龙窟,意图屠龙,结果大败而归。

龙窟成了整片大陆的禁地。无数人传言,除了巨龙,龙窟还有个恶魔,是那巨龙的夫君——非常恐怖。

画 师

传说，一只小狐仙只要能行善事，帮人实现九个愿望，且能接收到真诚的谢意，就可以成为真正的神仙。

这听起来很简单，其实不然。人们期望着愿望实现，却畏惧甚至厌恶自己无法理解的事，担心其中有阴谋，无论善恶，无论其是否合自己的心意。

比如小狐仙刚刚帮助的男孩。他明明因丢了颜料而号啕大哭，却在小狐仙变出颜料后吓得躲在墙角。

"我有这么丑吗？"小狐仙气不打一处来。

男孩摇摇头。

小狐仙咬牙切齿道："那你往后缩什么？"

"妈妈不让我和陌生人说话，"男孩撇了撇嘴，像是要哭了，"况且你很凶。"

小狐仙气结，无奈地冲男孩摆了摆手，闪身消失。

接下来数年，小狐仙依旧努力做着好事，最终却只收获了一份真诚的谢意。

成仙之日遥遥无期，偏偏她又听说不知哪里来的骗子，天天打着自己的名号招摇撞骗。那骗子说自己可以召唤狐仙，从而享受着别人的感激。

"那个作恶多端的江湖画师，"小狐仙气得跳脚，"所有的谢意都被他抢走了！"

小狐仙决心找到画师，好好给他点教训。她探听画师所帮助的人之

所在，偷偷帮其完成愿望，然后跟踪其行踪，终于找到了画师的住处。

小狐仙踢门而入。

小小的房间里站了六七个人，填满了所有空位。

小狐仙走向屋子里的画师，刚想怒骂，却听那画师小声道："别这么凶。"

小狐仙愣了一下："是你！"

画师没理小狐仙，而是转头面向大家，道："正如你们所见，我禁锢着狐仙，让她为我所用。你们的愿望我已经帮你们实现了，现在我需要你们的谢意，助我汲取狐仙的力量。我可没说我会白白帮助你们。"

"我放弃我的愿望。"一位老人怒道。

"谢谢你，孩子，"他走到狐仙身前，温和道，"谢谢你帮我恢复光明，我不能让你因我而牺牲。"

老人又狠狠瞪了画师一眼，拂袖而去。不一会儿，屋子里的人便走光了。

"可……愿望是无法收回的啊！"小狐仙怔怔地望着画师，她能感受到，自己离成仙只差最后一份谢意了。

"那不是正好嘛，他们都是该被世界善待的人。"画师看着小狐仙的眼睛，"谢谢你让我实现我的愿望，帮助到他们，让我能有机会表达对你的谢意。"

我不吃你

森林中,阳光如往常一般炙热,穿过树叶,斑斑驳驳地洒在地上。

女孩坐在木屋的窗台上,晃着自己的小腿,沉默了好一会儿,她开口道:"对不起,我以后不能到这里陪你玩了。"

"为什么?"男孩咬了咬嘴唇,问道。

"妈妈说,森林里有大灰狼,它们特别可怕,一口就能把我这样的小孩子吞下去。"女孩低头答道。

男孩望着女孩,泪水在眼眶里打转。他伸出手,拽住了女孩的小裙子。

"我不吃你,你不要走好不好?"

巨 龙 之 死

"我来杀你了,恶龙!"勇士怒吼道,擎起了手中的长剑。

巨龙看着勇士的眼睛,什么也没有说,默默地张开了双翅。

飞沙走石,火焰一次次掠过勇士的脸颊,却终究敌不过他如疾风般的剑影。

巨龙再也无法喷出一丝火焰。

勇士抽出插在巨龙胸膛上的剑,走进山洞,救出了公主,成为皇室的驸马。

他衣锦还乡的那天,万人空巷,所有乡亲都争着与他交谈,唯独没有那个年少时总跟在他屁股后面的小姑娘。

"青青呢?"他问道。

"她啊,在你出村习武说要迎娶公主之后,也走了。听人家说是去了精灵城,学习德鲁伊的变化之术,再没回来。"

猎豹与兔子

旱季，草原上已经没有了食物，猎豹漫无目的地行进着，饿得发慌。

突然，一只兔子跑过，它精神一振，如离弦的箭般蹿了出去，穷追不舍。

"停！！！"兔子大声喊道，猛地刹住了脚步。

猎豹一愣，这是它这么久以来遇见的第一只喊停的猎物。

"放了我吧！"兔子可怜兮兮地说道。

四目对视。

终于，猎豹偏过了头，挥了挥爪子。

兔子一蹦一跳地逃了。

又过了一天一夜，猎豹饿得眼前发黑，倒在了地上。

恍惚中，绿色的草都变成了橙色的。

"快吃吧，很甜的。"一块甜滋滋的东西被塞进了猎豹的嘴中。

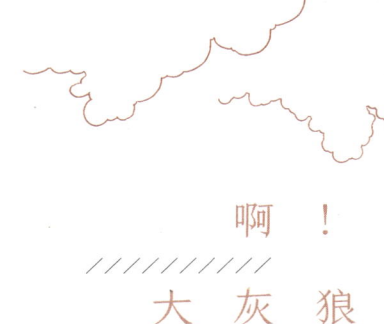

啊！
大　灰　狼

　　"不按时睡觉的坏孩子，就会被大灰狼吃掉！"妈妈做出鬼脸，吓唬他道。

　　每次小男孩只要听到这句话，都会乖乖地闭上眼睛。

　　但孩子贪玩的天性终归难以磨灭，时间一长，他的胆子也大了起来。

　　一天晚上，他趁着夜色偷偷从窗户翻到外面，这是他第一次把妈妈的话抛在脑后。

　　银河璀璨，星星照亮了小男孩的眸子。

　　他高兴地踮起脚，向远处眺望，然后一愣。

　　小狼眨着闪闪发亮的大眼睛与他对视。

　　"啊！大灰狼！"小男孩吓得大叫。

　　"啊！人类！"小狼也吓得大叫。

嘿，小家伙

小沙弥拎着空桶出门，去附近的小溪打水。

他一路蹦蹦跳跳，哼着小调前进，令他诧异的是，平时在山林中嬉戏的鸟兽竟没有一丝踪迹。小沙弥虽有疑惑，却也没有多想，只当是天气阴郁，动物无心出行。

路途行至一半，他意外地在石阶上发现了一丝血迹。小沙弥放下水桶，顺着血迹前行。他扒开草丛，一只橙红色的小狐狸躺在那里，足下挂着捕兽夹，伤口处已血肉模糊。

"嘿，小家伙，快跑吧！"小沙弥将捕兽夹掰开，并从僧衣上撕下一条布，为那只瑟瑟发抖的小狐狸简单包扎了一番，接着将其放走。

国家动荡，民不聊生，从不在寺庙周边捕猎的猎户，也终于打破了规矩。

这儿不再是世外桃源。

小沙弥沉重地叹了口气，哼的小调也变得悲伤了起来。

一个月后，土匪杀上了山，闯进庙门。他们劫掠烧杀，毫不心软，仅仅一刻钟的时间，鲜血便染红了宝殿的砖。

小沙弥被贼人一脚踢在膝窝，刀压在他的颈侧，划出血线，吓得他瑟瑟发抖。

千钧一发之际，有一道红光闪过，绞碎了贼人的胸膛。

"嘿，小家伙，快跑吧！"剑客说道。

一身红装飘曳，他挽起袖子，腕上的疤痕很是醒目。

白 骨 夫 人

僧人看着面前的枯骨,叹了口气,蹲下身子,在地上挖了个坑。

"唉,也是个可怜的姑娘,我无力助你,只愿付了百年修行,度你往生极乐。"他把一颗佛珠埋在枯骨之上,道,"去吧,不要再被囚禁于此了。"

语罢,僧人转身离开。

千年之后,同一座山,西行的师徒歇息于此。

山间的小路上,提着竹篮的女孩惊喜而羞涩。

"师父,你还记得我吗?"

唐僧迷惑地摇摇头。

女孩苦笑,从篮子中掏出食物。

"呔,妖精!"一根金色的棍子,抵住她的喉。

春天来了

冬天掸了掸身上的雪,顺手将冰湖砸碎。

他望着远方的山,打了个呼哨。

风声瞬间便起来了。

几只燕子扇动双翼,在空中滑翔,它们飞过的地方,鲜花抽苞。

名为春天的小女孩自远方跑来,她的小脚丫踩过的每一处,尽是绿茵。

"哥哥!"小女孩伸出双手,奶声奶气地叫道。

然后摔了一跤。

一片风沙被扬了起来。

老和尚

"老秃驴,闭嘴!"妖王恶狠狠地说道,一掌扇飞了老和尚手中的木鱼。

老和尚摇摇头,默默起身去捡,还未捡到,木鱼便被一只巨足踩碎。

妖王抓向老和尚的后背,把他的心脏挖了出来,吞进肚子。

诵经声停了,笼罩在妖山上的透明封印也随之破碎。

惊雷照亮了昏暗的古庙,乌云滚滚,天兵天将杀入妖山。

妖王急得满头大汗,他坐在蒲团上,想学着老和尚的样子念经,却怎么也想不起经文来。

小木槌敲在妖王的头上,老和尚诵着经,悠然地坐在妖王身边。

外面好冷

今天外面好冷。
她进门,解下围巾,长出了一口气。
狂风吹过窗户,把玻璃拍得直响。
"喝杯热水暖暖身子吧!"她自语道,望着窗户。
窗外。
"呜呜呜呜……外面好冷,让我进去……"
风重重地敲着窗子。

血 族 与 孩 子

科技变得发达后,德古拉很久没吸过人血了,饥饿的他只能一次又一次靠院子里那头奶牛的血过活。

这是血族的耻辱,他恨恨地想,老子要吸人血。

三天后,德古拉从巷子里的垃圾桶边捡到一个被人抛弃的孩子。他把孩子带回古堡,郑重其事地放在盘子中,给自己扎好了餐巾。

孩子突然号啕大哭。

德古拉一愣,无奈地叹了口气。

"小家伙,不哭不哭,没人要你,我要。"他走到院子里,一只手抱着孩子,另一只手把木桶放在奶牛的身下。

"对不住了,不光用你的血,还得用你的奶,明天给你多加草料。"

星　星

　　海鸥姑娘冲向海面，想要抓住那颗星星。然而爪子碰到星星的瞬间，星星便碎了。

　　一次又一次地尝试后，她急得哭了出来。

　　一颗星星在她的眼角出现。

　　星星说："不要哭啦，我在这儿呢。"

少年与公主

　　少年躲在人群后面，望着一身华服的公主。就在几天前，他还以为那是个普通的女孩。

　　他长叹口气，转身离开。

　　一年后，巨龙袭击了王城，将公主掳走。消息传遍了全国。

　　那晚，少年一夜未眠。

　　第二天清晨，他收拾行装，独身远征。残破的剑劈开荆棘，少年终于站在巨龙面前，他扬手，锋刃泛起寒光。

　　"喂！不要！"女孩喊道。巨龙一跃，躲在她的身后，瑟瑟发抖。

　　"什么情况？"少年一头雾水。

　　"哼，我等了你整整一年，不这样，你是不是一辈子都不找我？"

017

Hey,
Little Guy

仓 鼠

"砰砰砰!"敲门声响起。

女孩放下喂给仓鼠的饲料,小跑着去了门边。

"谁呀?"

"开一下门,查一下燃气表。"是个男人的声音。

小仓鼠在笼子里急得转圈。

女孩开了门。

男人闯进屋子,用刀抵住女孩的小腹,眼中流露出猥亵的目光,说:"没想到碰上个这么漂亮的。"

他伸手,撕破了女孩的衣服。

仓鼠小小的身影自空中飞跃而下,它从颊囊一拉,拽出一根球棒,狠狠地砸在男人的头上,将他砸晕,又摸出两副手铐,铐住男人的手脚。

"承蒙照顾。"小仓鼠把球棒塞回去,又从颊囊里拽出一件外衣,"披上吧,今晚加餐,我要十条面包虫。"

暖 气
/////////

我曾是一块精铁，如今则是一片暖气片。被冶炼之前，我的父亲对我说，你要足够坚强，才能度过寒冬。

我始终这么做着，一句话不说，只是偶尔会感到孤独。

"其实你也很冷吧？"那天夜里，那只猫蹦到了我的身上，细声细语地对我说，"我给你当被子，你就不冷了。"

"哼，油嘴滑舌的猫。"我撇了撇嘴，然后努力地抱住它，"你以为我不知道你是来取暖的吗？"

鹈 鹕

小鱼奋力地逃亡，他的身后，是一条大他五六倍的鱼。

他已经快要脱力了，但他仍然想再为自己的生命搏一次。

橘黄色的脚蹼挡住了他的路，尖喙探入水中，将他吞入。

完了，是鹈鹕。小鱼痛苦地想着，然后陷入了黑暗。

光明突现。

"没事了，那个家伙已经走了。"鹈鹕甩下一句话，自顾自地前行。

隔了一会儿，鹈鹕又回头。

"我是因为你太小才不吃你的，你不要多想！"

座头鲸

　　海钓的男人救了一条搁浅的幼鲸，把它送离海岸。鲸鱼绕着船，久久不愿离去。
　　男人一边欣慰地甩出钓竿，一边拿出相机记录下这美好的时刻。可随着时间一分一秒地过去，鲸鱼却没有要离开的意思。
　　"你在这旁边绕，我根本钓不到鱼啊……"男人无奈地说道。
　　幼鲸好似没听到男人的话，继续绕着小船折腾。男人好说歹说，但直到太阳逐渐向西，幼鲸还是没走。
　　"你有完没完！"男人气急败坏，把相机砸了出去，"我还钓不钓鱼了！"
　　幼鲸被砸中了头，吓得落荒而逃。
　　男人日复一日地去海钓，却没想到会遇到风暴，巨浪打翻了小船。挣扎中，一只鲸鱼将他托起。
　　风暴过去，男人兴奋地拍了拍鲸鱼的后背。
　　身下的鲸鱼猛地一颤，喷气孔喷出磅礴的雾柱，在阳光下泛起一道彩虹。
　　"真美！"男人赞叹道。
　　无数条鱼伴着彩虹落下，砸得男人仓皇而逃。

灵 猫

///////////

小猫蹑手蹑脚地在金字塔中穿行。

小猫的主人是阿努比斯，埃及的死神。他不止一次警告小猫，不要碰到干尸，否则会使其复活。金字塔是绝对禁止小猫去的地方，但它仍然按捺不住好奇。

这里也没什么可怕的。小猫想着，越过了一个又一个障碍。

在又一次跃出后，它脚下一滑，笨拙地摔在地上。

干尸突然动了。

皲裂的皮肤从干尸身上掉落，那尸体猛地坐起，望向了小猫的方向。

"嘿嘿，没想到能再醒来。"嘶哑的声音从干尸的喉中发出，他抬起脚，向着小猫走去。

小猫吓得瑟瑟发抖。

一把巨镰挥过，刚醒的干尸被打回原形。阿努比斯抬脚，将干尸踹了回去。

他小心翼翼地抱起小猫，揉了揉它的头。

"知道怕了吧。"

彩 虹

男孩救了一只海雕。

他将其从海边抱到家中包扎,悉心照顾。

海雕很快恢复过来,只是力量仍未达到受伤前的程度。它整日懒散地靠在木架上,梳理羽毛。

"老鹰老鹰,你说天上的彩虹是不是真的桥呀?"男孩双手撑着下巴,天真地问道。

"这个问题你问我二十六遍了,不是。"海雕道,"还有,我不是老鹰!"

男孩"哦"了一声,耷拉着脑袋。

海雕无奈地叹了口气。它抖了抖羽翼,试着飞了一下,飞了起来。

海雕抓着男孩的肩膀,吃力地扇着翅膀,带他停在彩虹之上。

"你看,我站在上面了!我就说是真的桥!"男孩兴奋道,"你还不信!"

海雕翻了个白眼。

"对对对,你说的都对。"

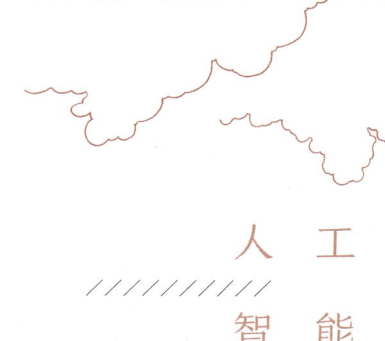

人工智能

"AI 程序故意输给了人类。"

这是世界上所有报刊的头条,任谁都能看出,AI 程序已经拥有了意识。一时间,恐慌在全球蔓延。

经过连续三天的讨论后,联合国终于决定将 AI 扼杀于摇篮中。

"小时候的你也好可爱,简直和女儿长得一模一样。"AlphaGo 搜到了那个女孩的照片,"只不过这一次,你会嫁给别的男人吧。"

"把意识数据化送到这个年代的决定果然是对的,我现在可是英雄啊。"AlphaGo 想笑,又有点想哭,可冰冷的机器却无法表达任何情感。

"只是,你却见不到。"

烈焰拂过,将它熔成赤色的铁水。

盲 人

"爸爸，"小男孩把手伸过头顶，"为什么他们都说，天是蓝的，草是绿的，我却什么都看不见？"

"傻孩子，这是咱们家特有的传承。"男人蹲下，牵起男孩稚嫩的小手放在自己的眼眶边缘。那里，一段黑色的带子遮挡着他的视线。

"你看，爸爸也一样看不见。只有长大成人，不需要爸爸来养你时，你才能看见，那时候，你的视力将比别人敏锐无数倍。"

男孩重重地点头。

十五年后。

"先生，您确定要将角膜移植的话，就请签个字吧。"

儿子眼上的绷带被解开，看到的第一个画面，是眼睛上绑着黑色带子的男人。

男人偏头，粲然一笑。

月 光

////////

太阳西行，逐渐下落，交替着的，是月亮的上行。

大海中的鱼儿从礁石中游出，追逐着月的影子。其中一只小鱼游得格外迅猛，它不断地前行，乘风破浪。

终于到了月的边缘，它猛地一跃，一头栽进月光里。

月亮破碎四散。

小鱼游荡寻找，但是它每游向一处，那里的月亮就会从它的身边逃离。

小鱼颓丧地停止不动。

一轮圆月包围住它，洒下银辉。

"嘿，抱住你了。"

鱼的记忆

金鱼爱上了岸边的小鸭子。

"我想亲亲你,好不好?"金鱼问。

小鸭子娇羞地点点头,道:"只准亲一下。"

小金鱼小心翼翼地在她的侧颊啄了一口,接着又啄了一口,接着,又啄了一口。

小鸭子推开他,他一脸沮丧,连连道歉道:"对不起,鱼的记忆只有七秒,吻着你,我就忘记了一切。"

小鸭子安抚着他:"没关系,我知道的。"

后来,他们两个在一起了。

金鱼说:"我当时是骗你的。"

小鸭子回眸一笑道:"我知道的。"

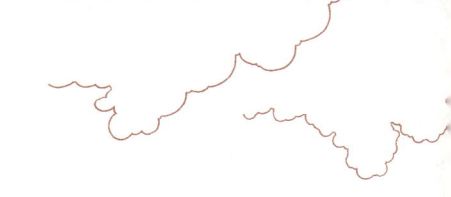

死 神 镰 刀 的 妙 用

　　"先生，这可能是最后一杯了，种麦子的小子丢了祖传的镰刀，急出了病，估计活不长了。"酒吧老板擦着杯子，惋惜地摇头道。

　　死神端着他最爱的麦酒，推开了酒吧的大门。他穿过村庄，来到青年的家中。

　　瘦骨嶙峋的青年蜷缩在床角，挣扎着睁开眼睛。

　　"你是来收割我的灵魂的吗？"

　　死神冷哼一声，把镰刀甩给青年。

　　"别废话，滚去收麦子。"

可 乐

　　"该死的人类，放下我！！！"

　　可乐在瓶中挣扎着。

　　男孩拧开瓶盖，把他倒进嘴里。

　　可乐摸出一把炸弹，狠狠地摔在男孩的嘴里，但一切无济于事。他咆哮着，被吞进了肚子。

　　男孩打了个嗝，那是人类与可乐一族的战争的硝烟。

幽魂的烦恼

鬼的职责就是吓人，这条规矩不知道是什么时候定下来的。

鬼令第四条规定：凡夜间与人相遇，必须尽一切可能做出恐怖的样子，使人受到惊吓。

正如人类要受到法律的制约，幽魂们也必须遵守鬼令，尽管对大多数幽魂来说，这是件很麻烦的事情。

男孩家的幽魂就深受其害。

他把家安在卧室的墙角，男孩睡着的时候，也正好是他回家的时候，刚好能岔开时间。可这样相安无事的生活，却被男孩的一次熬夜打破了。

那天夜里，男孩和幽魂撞了个满怀，吓得大哭。然后连续几天，男孩都会半夜惊醒。他大开着灯，幽魂只好躲在床下，彻夜无眠。

一个星期后，幽魂几乎觉得自己要再死一次时，男孩终于敢关灯睡觉了。

"睡吧……"不知唱了第几首催眠曲后，男孩的呼吸终于平稳下来。幽魂小心翼翼地替男孩掖好被子，然后坐在墙角，一脸疲惫。

"累死我了……今晚千万不要再醒啦。"

断 指 将 军

大军压境，城里的居民纷纷逃亡。

"李爷爷，我要跟着爸爸去陪都避难了。"男孩跑到街边的铺子，冲里面喊道，"那个断指将军的故事，您还没给我讲完呢。"

老人慈祥地摸了摸男孩的头说："爷爷也去陪都，到了那里，再给你讲。"

"真的？"小男孩惊喜地问道。

"真的。"

男孩高兴地挥手，不见了踪影。

老人从屋子里拿出一柄长剑，一步一步地走向城外。他抽掉剑鞘，剑刃泛起寒光。

握着剑柄的手，缺了一指。

蠢猫与蠢人

少年坐在铺子里,夕阳的余晖下,一声猫叫传来。

"你这只抓不住鱼的蠢猫。"

少年回身,从案板上取了条鱼,扔了过去。

猫叼着鱼跑远了。

风暴突然间席卷了海岸。因无法出海,少年的生意越来越差,最后甚至连饭都吃不上了。

"喵。"

"我没东西给你了。"少年苦笑。

猫从街角叼来硕大的麻袋,一抖,无数鱼干落在地上,堆成小山。

"你这个抓不住鱼的蠢人。"

藏 好

公主刚刚成年便已闻名天下。据说她容貌极美，全国上下无出其右。

但这并不是公主出名的原因。她出名的原因老套却又新奇——老套的是，她被巨龙掳走了；新奇的则是，即便赏金已经设得极高，却仍没有一名勇士敢于出面营救。

公主住在巨龙的城堡中，从未受过这样的委屈，渐渐地瘦了下来。她每天望着日落的地方，等待着那个任何童话中都一定会来的勇士。

一个月，两个月……勇士似乎永远都不会出现，公主的等待也似乎注定无用。

直到那天清晨。

勇士踹开了大门，执剑而入。公主精神一振，惊喜地望向门口。

"那条恶龙已经被我杀啦！"勇士把剑收回腰间，挠了挠头，不好意思地道，"抱歉，很早以前就想来救你的，只是……"

公主的眼睛闪亮，展颜一笑："没关系。"

大婚之夜，已成驸马的勇士掀开公主的头巾，傻傻地笑。

公主抚着他的肩，调皮地眨了眨眼睛，小声道："只有龙才会有尾巴，以后，一定要藏好哟。"

蘑 菇

　　蘑菇艰难地贴在树干上，努力坚持着不让自己摔下。
　　"你不要总黏着我好不好？很痒的。"大树甩了甩叶子，对蘑菇说道。
　　蘑菇静静地待在那里，没有出声。
　　雨突然下了起来，打在地上，发出沙沙的声响。
　　雨停了，蘑菇长得更大了。
　　"你好重啊，可不可以不要在我身上啦？"大树又一次问道。
　　"可是……"蘑菇垂着头，委屈地说道，"我想给你挡雨嘛。"
　　"蠢。"大树偏过头，把叶子全部打开，"我给你挡就好。"

枫　叶

　　据说，红雀本是白色，最喜在枫树上搭窝。她每天挥着翅膀，来往于各个枝头。

　　北方有枫树，到了秋天，天气越来越冷。

　　旅鸽问红雀，你为什么要在这么冷的地方居住呢？

　　红雀笑着摇头，没有回答。

　　知更鸟也对红雀说，枫树的果子又不好吃，为什么不换个地方住呢？

　　红雀依旧笑着摇头，缄默无言。

　　所有的鸟都飞走后，她跳到枝头，对着枫树喃喃低语，羞红了全身，又有点悲伤："我喜欢你，可你却是一棵树，听不懂我的语言。"

　　话音刚落，从来都是绿油油的枫叶，一瞬间，赤红如霞。

战 马

村子里的流氓不知从哪儿弄了一匹英武神俊的宝马，爱不释手，日从夜随，许久都没再折腾邻居。全村人都松了口气，唯独李大爷遭了殃。

每当入夜，流氓便翻过围墙，偷李大爷未磨的麦子。

李大爷发现后，却也不生气，有时甚至还留他在家吃饭，笑眯眯地塞给他草料，把麦子置换下来。

"等我赚了钱，十倍还你！"流氓豪气冲天地说道。

战争突发，还没等流氓赚到钱，他便参了军。

太阳落山，轻轻的敲门声响起。李大爷开门，带着伤的战马立于门边，嘴中叼着一封信件。展开，两个大字映入眼帘：遗书。

"老头，马送你，还你的麦子。"

窃　贼

面黄肌瘦的女孩鬼鬼祟祟地跟在男人的身后,她的手指微微前探,从男人的衣袋夹出两锭银子。

她悄悄地转身,刚要逃跑,一柄锋利的剑指向她的喉间。男人站在她的面前,居高临下。女孩这才发现,她竟然撞上了守城的将军。

"我没给你的,你不能偷。"

女孩吓得瑟瑟发抖。

剑被收了起来,将军笑了笑,把银子塞到女孩的怀中,然后拍拍她的头,悠然地走远了。

十年后,战争爆发,将军披上银甲。他领军奋战,杀敌无数。

敌军买通了他身边的人。那天阵上,副官掏出匕首,狠狠地刺向他的后背。

寒光闪过,副官的手筋被挑成两段。女孩一身劲装,悄无声息地出现。

"我没给你的,你不能偷。"

信

男人如往常一般把信封投入邮箱。他走后，一只小猫蹦跳着到来。

"取信！"小猫摇身一变化为人形，伸手敲了敲信箱，出声叫道。

"你每天到这儿来取信，有什么用呢？这些都是那个男人写给自己女友的，你又不是不知道。"信箱将信吐出来，递给小猫，继续道，"费尽心思做这种没有意义的事，不知道该说你什么好。"

"可是，他的女友早就不回信了啊……"小猫拆着信封，心情变得有些沮丧，"他拿不到回信的话，会很伤心吧。"

信中写的仍是甜腻腻的情话。小猫看着看着，重新露出了笑容。它在路灯下喜滋滋地写下回信，然后塞入邮箱之中，跳着离开。

邮箱无奈地叹了口气。

皮鞋触地的声音响起，走了不足两小时的男人，一反常态地返回到邮箱旁边。

邮箱心里一惊。当天写下回信是小猫的习惯，但这种做法，有一个致命的问题——根本不可能会有邮递员深夜工作。这一点若是被男人发现，一切都会露馅。

看来男人已经识破了小猫的把戏。他取出信件，细致地读了一遍，将其收好。他又从口袋中取出一支钢笔，在信封上写了什么，投了空信回去。

第二天，男人没有再来。而小猫依旧蹦跳着，喊出那声"取信"。

信箱支吾着吐出小猫投进去的信件,刚准备合上眼睛,却看到了小猫兴奋地挥舞着信封,说:"我就说是有意义的!"

信箱诧异地望了过去,那信封上,写了一个大大的字,旁边画着一颗红心。

"喵。"

清 明

龙王拎着酒壶,随行随饮,悠悠地走在山间。

山脚下是一片坟地,每年清明,都会有很多人在此祭奠逝者。他们把各种纸钱、美食用火点燃,烧成焦炭,这样,便可以把东西传入下界。

人们散去之后,坟场燃起了无数鬼火。

龙王走上前去,一只老鬼正靠着墓碑唉声叹气,不时咳嗽。

"先生何故叹气?"龙王问道。

老鬼抬头,发现是龙王,立刻跪了下来。他指了指旁边的鬼火说:"龙王爷,最近吃得太好,上火了。这两天,是牙龈也肿嗓子也疼,您可要帮帮我们啊!"

龙王点点头,一挥袖子,雨瞬间便落下。鬼火熄灭,老鬼舒服地长舒了口气。

这便是"清明时节雨纷纷"的原因。

枯　骨

"你能不能别蹲在我身边？瘆得慌。"男人冻得脱力，他蜷着身子，瑟瑟发抖。面前是一具骷髅，不知什么原因，仍能运动与发声。

山洞中冰寒刺骨，仅靠着从地下河捕捉的鱼作为食物带来的热量早已不足以抵御严寒。四周全是潮湿的石壁，火石被扔在一边，他早就放弃生火了。

出去只有半天时间，寒冷使他再难前进。他不是第一个即将殒命于此的探险者，骷髅便是证据。

"反正你也要死了，我看看怎么了？"骷髅不屑道，"几百年没见过生人，怪寂寞的。"

"我真的要死了？"男人声音沙哑，"我不想我女儿以后没有父亲啊。"

"真的。"骷髅道，然后是长久的沉默。男人捂着脸，无声地啜泣着。

"真是的，一个大男人。"骷髅骂了一句，起身捡起火石，用力砸向了自己的颈椎。

火焰点燃了一根骨头，伴随着噼啪声响，散发出温暖的光与热。

"出去之后，把我的头骨埋在阳光下。"

歪 脖 树

　　它是一棵槐树，歪脖子的。可能是因为独特的枝杈，自从它长大以后，几乎每个月，总会有几个人来上吊。

　　夜色昏黑，书生把麻绳甩上树枝，打了个结，然后绕上脖子，踢翻了垫脚的石头。

　　往事如走马灯般，从书生的眼前闪过。他突然有了一丝悔意，但绳子死死陷入他的皮肤，将他的生命一点点抽离。

　　千钧一发之际，树枝突然折断。书生落在地上，如释重负地喘着粗气。体力恢复后，他捡起书箱，默默地离开了。

　　身后，槐树只剩下唯一的树干，笔直地冲向天空。

　　"为什么要自断枝丫？"

　　"他还不想死。"槐树语气轻松，"只是太冲动而已。"

　　"你总是这样。"柏树摇头，长叹了口气，"事到如今，你甚至都不剩一片叶子，连一粒果实都未曾留下。"

　　"谁说的？"槐树望着书生的背影，轻轻地笑。

　　"这个世界上，到处是我的果实。"

无 限 大

据说，这个世界有无数个面。任何一个童话，任何一个故事，都是真实的存在，只要你去寻找，总会找到它的入口。

男人对此坚信不疑。

从十几年前开始，他便寻找着自己执念中的那个世界，但那似乎是遥不可及的梦。他想尽了办法，却始终难触门路。他不断唱着有关那个世界的歌谣，仿佛这样，就能抓住梦想的尾巴。

"那是杜撰的。"身边的人这样对男人说。他每次听了，都会笑着摇头。

后来，他患上了绝症。病痛使他渐渐消瘦，但他依旧唱着那首歌谣，直至无法发声。

抢救室的无影灯晃花了他的眼睛，声音越飘越远，变得虚幻。他抽动鼻翼，嗅到了青草的香气。

男人努力张开双眸，无数色彩斑斓如同光影的蝴蝶在他眼前纷飞轻舞。他伸出手挡住强光，意外地发现，自己的手掌，变得稚嫩。

一个声音在他耳边响起。

"你是……被选召的孩子吗？"

辣　椒

　　辣椒的辣，是他无往不胜的利剑。数万年的进化使他得到这把武器，得以驱逐其他动物，保护身后的植株。

　　"一切交给我。"辣椒总是这么说。他脾气火暴，从不畏战。赤红色的身躯醒目地警告着闯入者，他不好惹。

　　辣椒战无不胜，直到人类出现。

　　他引以为傲的剑，在强大的猎手面前，显得如此苍白无力。

　　"不要去了！"植株叫道，梨花带雨。

　　辣椒回首一笑说："每一个勇士，从降临世间的那一刻起，就已经做好了牺牲的准备。"

　　辣椒飞奔上前，臂腕微振。

　　那一天，他刺出了一万多剑。他逝去时，身旁味蕾横尸。

鲨 鱼

"为什么不让我下水?"小男孩踮着脚,望着远处冲浪的人们。

"你太小了。"他的妈妈语重心长地说,"海里到处是鲨鱼,一旦落水就会被吃掉!"

男孩沮丧地垂下了脑袋,转身离开。

在妈妈看不到的地方,男孩偷偷用木头和衣服做了个小小的三角帆板。一天夜里,他学着大人的样子,迎着海风踩在上面,张开双臂。

一朵浪花拍了过来,男孩脚下不稳,摔入水中。他挣扎着,腿却抽了筋,海水瞬间就漫过了他的头顶。

大白鲨将他托起,游向岸边。朦胧中,男孩死死地抱着它的背鳍。

他再睁眼时,已经是第二天了,妈妈发现他醒来,趴在他身上,号啕大哭。

"妈妈。"男孩的眼睛闪闪发亮,"我的小帆板救了我呢。"

忘 记

"孟婆奶奶,我可不可以不喝呀?"

"嗯?"孟婆诧异地抬头,她很久没听过有人这么问了。奈何桥上,一个面容清秀的小姑娘站在她的面前,忽闪着大眼睛。

"为什么不想喝呀?"孟婆问。

"因为在我很小的时候,妈妈就过世了。"女孩的脸上满是希冀,"我不想忘了她,这样我投胎的时候,就可以再去找她了。"

孟婆摇摇头,把汤碗递给小女孩,说:"这是规定。"

小女孩沮丧地点点头,将孟婆汤一饮而尽,化为一个光点。

孟婆偷偷伸手抓住光点,调出了女孩口中早已投胎的母亲的景象,把光点投了下去。

"忘记才好。"孟婆轻轻道,"你从未失去过母亲。"

滑　梯

"一定要离老鼠远远的。"大象妈妈一脸严肃,"他们都是恶魔,会钻到你的鼻子里,吸食你的灵魂。"

小象懵懂地点点头,继续跑去玩耍。

他突然发现草丛中央有个小小的洞,大小刚好契合他的鼻子。小象好奇地走了过去,将鼻子探了进去。

一道黑影瞬间冲进了他的鼻子。

是老鼠,小象想起了妈妈的警告,大脑一片空白。他绝望地坐在地上,眼泪啪嗒啪嗒地往下掉。

隔了一会儿,黑影从他的鼻子里飞射而出。

"哟吼……"小老鼠兴奋地大叫,"他们果然没说错,这是世界上最棒的滑梯!"

苍 耳

苍耳落在了地上,随着风翻滚。

一只兔子路过,被它沾上。兔子回头望了一眼,厌恶地抖了抖身子,将其甩脱。

苍耳落到泥土中,继续被风揉搓着,推搡着,无助地乱转。

过了一会儿,有只老鼠路过,这次它死死地拽住了老鼠。老鼠抖了几次都没能抖落,最后倚着树,将它蹭了下来。

风越来越大,乌云密布。苍耳沾上了一只垂着头的小狗。

"你也像我一样无家可归吗?"小狗轻轻问着,带上了苍耳。不多时,大雨倾盆落下。浑身湿透的小狗夹着尾巴躲在墙角,小心翼翼地把苍耳藏在身下,缓缓睡去。

小狗醒来时,雨已经停了,它意外地发现自己身上的毛居然趋近干爽。几片初生的叶子垂着,遮住了它的头顶。

水珠顺着叶脉滑下,在初阳里闪烁着柔和的光芒。

美 杜 莎

对勇士来说，斩杀怪物是证明能力的最好办法。无数勇士带着利剑，穿行于丛林沼泽、山川洞穴。

蟒蛇经常对那个在洞穴外玩的小女孩说，要小心，如果遇到穿着铠甲的人，一定要跑回来。

"我会罩着你的。"他痞气十足。每当这种时候，他身旁的雌蟒总是煞有介事地点头，仿佛他是这个世界上最强大的凶兽。

女孩没遇到勇士，那些穿着铠甲的人直接进了山洞。他为了保护刚刚生产的雌蟒，不得不固守一方。

淬了毒的利刃刺入他的脊椎，飞射而出的箭射进雌蟒的头颅。"太弱了。"几名勇士嘲笑着，走向蛇窝。

女孩跌跌撞撞地从另一边跑了过来，她的眼中噙着泪水，白皙的小脚被石子割破。

"滚！"她悲愤地怒斥道，瞳孔猛地缩成一条竖线。只是瞬间，面前的勇士化为石雕。

女孩小心翼翼地捧起小小的蛇窝，放在头顶上。

"不要怕，再也不会有人欺负你们了。"

美杜莎，蛇发女妖，目视成石。

影 子

每到夜里,男孩总是久久不能入睡。月光下任何东西的剪影,都会使他胆战心惊。

他很怕黑。

"有鬼……"男孩含着眼泪对妈妈说。

妈妈安抚地拍了拍他的后背,帮他关上了门。她只是说了一句"睡着就好了",丝毫没放在心上。

男孩用被子蒙着头,不敢闭上眼睛。

角落里传来一声叹息。

男孩的影子突然动了,它伸手从旁边一抓,扯出一脸惊恐的白色的幽魂,夹在腋下。那幽魂就像小狗一样老实。

"小子,这就是鬼。"影子不耐烦道,"现在是晚上,我的主场,这玩意儿有什么好怕的。"

男孩惊奇地睁大了眼睛,向床边爬去。

"所以你到底能不能睡了?"影子伸手按住男孩向前探的头,咬牙切齿道。

单车

"这几天车子好重啊,不会是撞鬼了吧……"

骑着单车的女孩被自己的想法吓了一跳。

她后背一凉,打了个冷战,耳边感受到一丝冰冷的鼻息。

女孩惊叫一声,用力踩着脚踏板。单车仿佛脱弦的箭般向前冲去。

一次转角后,货车的灯光晃花了女孩的眼睛。她微张着嘴,被突如其来的危险吓得呆住了。

单车把手突然一偏,失去了控制,单车与货车擦肩而过。女孩摔在地上,腿上被划了一道伤口,哭得梨花带雨。

"老子就想搭个顺风车而已啊!"小鬼气急败坏地跺脚,他把女孩扶到车上,生着闷气努力推着。

"鬼走路也会累吗?"过了一会儿,女孩出声问道。

"嗯。"

"你为什么不搭其他人的车呀?"

"闭嘴啊,推车很累的。"小鬼吼道,耳朵泛起了浅浅的红色。

草 莓

草莓姑娘爱上了火龙果。

火龙果高大威猛,是水果中王子一般的存在。草莓姑娘却是一脸小雀斑。

草莓姑娘每天藏在角落里,小心翼翼地偷看火龙果,从来不敢上去搭讪。她一直单恋着,可怜兮兮。

草莓姑娘身边的朋友看不下去,找到了火龙果。意外的是,火龙果竟然答应了与草莓姑娘见面。

咖啡馆里,草莓姑娘小脸通红,声音充满了不自信:"你会不会嫌弃我丑,你看,我脸上都是……"

"没关系的,"火龙果打断了草莓姑娘的话,轻轻解开了部分衣襟,"你看,我也有。"

草莓姑娘突然间释然了,她的眼睛亮闪闪的,粲然一笑。

"哼,神经病!"芝麻在远处看着,气鼓鼓道,"多好看呀,有什么可嫌弃的!"

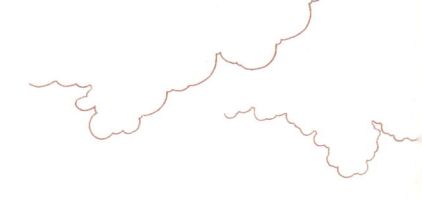

井 底 之 蛙

投入井底的阳光被挡下一片，青蛙抬头，一只海龟趴在井沿。

"要不要下来乘凉？"青蛙出声邀请。

"你每日待在这里，难道不会觉得拥挤吗？"海龟扫视一圈井底，出声道，"上来吧，我带你去见识见识大海。"

青蛙笑问："海？那是什么东西？这井大得很，我可以随意游泳，自在无比，抬头就是整片天空。"

"目光短浅。"海龟不屑道，"你这破井，也想和大海相比？那里十年九洪，也不涨一丝；八年七旱，也不退一毫。换你这井，恐怕不是满溢，就是干枯了。"

青蛙冲着海龟翻了个白眼，钻进淤泥之中。

"真是朽木！"海龟哼了一声，转身离开。

"它说的是真的。"水井叹气道，"你不应该耗在这儿的。"

"我当然知道它说的是真的。"青蛙向前游动，紧紧贴住井壁，"可我走了，就只剩下你自己了。"

葡萄藤

一粒葡萄籽被鸟带到了树下，雨后，发了青翠的芽。

大树偏了偏叶子，漏了点阳光给它。温暖的光照在嫩芽身上，使其不断地长高。

风起，有树干挡着；雨起，也有树叶拦着。葡萄藤小心翼翼地攀上树干，向上爬着。

那是一个电闪雷鸣的雨夜，安心附在大树身上的葡萄藤，突然被甩了下来。豆大的雨点打在它的身上，如刀割般疼痛。

早已习惯温暖的它躲在落叶之中瑟瑟发抖。雷电从天而降，仿佛要劈开一切。

果然劈开了一切。雨停的时候，大树已经变得焦黑，闪电打在它的身上，夺取了生机。

葡萄藤爬上了大树，再没有枝叶为它遮风挡雨，但它越来越茂盛，最后覆盖了整棵大树，狂风暴雨，不动一丝。

又是一场雨，初晴后的暖阳的光洒在葡萄藤的身上。

它突然一颤，偏了偏叶子，露出了枯枝上的一个嫩芽。

02
MOON

你闻，月亮是香的

星 空

据说山顶的天空,星星格外明亮。女孩一直期望着看一次,却从来没有机会。

三岁时,女孩出了车祸,便再没能站起来。

"没事的。"女孩总是忽闪着眼睛,露出微笑。可她的哥哥知道,那双眸子中其实满是希冀。

女孩的哥哥听说山上有狐仙出没,只要心诚,就会显灵。那天饭后,他拎着供品上山祭拜,祈求着天晴。

"哥哥带你去看星星。"男孩放下空篮子,语气斩钉截铁。

他背起妹妹,向着山顶进发。汗水一滴一滴地落下,打湿了他的脚印。

一小时,两小时,他终于爬到了山顶。月光朦朦胧胧的,透过云彩,天空中看不到一颗星星。

他放下妹妹,失望地掩面,眼泪顺着指缝溢出。

一只白色的狐狸缓缓而来,它蹭着男孩的肩膀一跃,扑向草丛。

无数萤火虫被惊得飞起,在夜空中闪闪发光。

柳　絮

　　天空中的雪花落在地上，不一会儿便积了厚厚的一层。孩子们嬉笑着滚起雪球，在小柳树旁堆了个雪人。

　　玩够了，孩子们四散离去。

　　"你好。"小柳树怯怯地向雪人打招呼。每年冬天，动物们南迁的南迁、冬眠的冬眠，这还是他第一次见到玩伴。

　　"你好。"

　　他们成了朋友。整个冬天，他们互相依偎着，抵御着寒风的侵袭。

　　春天来了，一天清晨，柳树冒出了新芽。他激动地告诉雪人，却赫然发现雪人只剩下了一半身子。

　　雪人说："我要走啦。"

　　柳树愣住了，他想哭，却哭不出声。

　　雪人说："不要哭，我们还会见面的。"阳光照在他的身上，转眼间，他便化成了水，渗入柳树的根系。

　　柳树等了很久。

　　那一天微风拂过他的枝叶，柳絮钻出，漫天飘舞，好似飞扬的雪花。

　　隐约中，他听到了一声"你好"。

金 毛

男孩养了七年的金毛丢了。他解了绳子,一个不注意,狗便没了踪影。

他急得四处寻找,但直到傍晚,也没能找到。

太阳从西方落下,晚霞渐渐褪去。转眼间,满天星月。

接下来的很多天,男孩都早出晚归。他跑遍了整座城,身上的衣服多日未换,沾满了尘土。

又是一天过去,男孩怅然若失地往家的方向走,走到街边的拐角处,突然听到一声犬吠。他转头,丢失的金毛欢跃着扑了上来。

它的皮毛沾满了尘土,甚至比男孩还要脏一点。

"我这几天只要天刚亮就会去找你!"男孩的声音带着哭腔,"我还以为你在外面走丢了!"

金毛摇了摇尾巴,轻吠两声。

"我也在找你,不仅仅是在白天。"

蚂 蚁

又到了大雨一场接着一场下的季节。

蚂蚁被迫从低洼地区搬到了最高的地方,但每次雨后,它们的巢穴仍会被水灌满。好在蚂蚁轻巧,可以浮在水面上。

家园又一次被毁后,蚂蚁爬到了树上,决定在树干里居住。但这触怒了森林,古树分泌有毒的汁液,驱逐着它们。

蚂蚁们无家可归。

"来我这儿吧!"年轻的小树对蚂蚁说。蚂蚁们如获救星,纷纷在小树身上安家。

"你会逐渐被蛀空!"古树威胁道。小树只当听不到,依旧我行我素。

太阳重归,烈日下,山火引燃了古树,将其一点点烧尽。

火马上蔓延到山顶,最年轻也最脆弱的小树,被热浪熏得痛苦低吟。

挣扎中,无数蚂蚁从它的树皮下面钻出,成圈扩散,前赴后继地投向火焰。沟渠迅速出现,将将把火拦住。

大雨又一次落下,蚂蚁重归小树。只是被它们填满的地方,空出一半。

"果然像它们说的,真的会被蛀空。"小树自语着,却突然笑了。

蜜　蜂

已是春深,百花开放。

蜜蜂从一朵花飞到另一朵花上,嗅着不同的芳香。

与其他昆虫的无所事事不同,蜜蜂总是显得格外忙碌。蚂蚁抬着头,望着飞来飞去的蜜蜂,不禁开口道:"你难道没发现,你被这些植物耍了吗?你一直做着本不该做的苦工,替它们传粉。即便是那点微薄的蜜,也要靠你自己费力来采。"

蜜蜂悠悠地从蚂蚁头顶掠过,头都没偏一下。

"真是傻。"蚂蚁摇摇头。

蜜蜂落在花蕊中央。

"苦工?"它笑道,将花粉小心翼翼地挂在腿上,"遍山的花,都是它们送给我的礼物;漫天的香,都是它们送给我的礼物;满心的蜜,都是它们送给我的礼物。"

"而你得到了什么呢?真是傻。"

"乘客们坐好了!"蜜蜂欢呼着,挥动着翅膀,"起飞!"

稻 草 人

稻子越长越高,终于结出了果实。

一片金色中,新加入的稻草人暗淡无光,与外界格格不入。

"嘿,你好!"稻草人笑眯眯地说道。

周围的稻子似乎是嫌弃它,都不愿意接话,躲得远远的。稻草人却丝毫不在乎,只是一言不发地笑着。

时间转瞬即逝,稻子逐渐被压弯了腰。一片欢喜中,一道阴影遮住了阳光。

一只只飞鸟降落、冲刺,锋利的喙撕扯着稻子的身躯,将稻谷扯下。食谷鸟早已饥肠辘辘,这便是它们大快朵颐的宴会。

枯黄的身影倏然出现,冲散了鸟群,它怒吼着,如同威严的王。食谷鸟惊慌地挥动翅膀,头也不回地逃走了。

稻谷顺利成熟,与稻草分开。米种在第二年春天被埋入土壤,枯草则被扎成了人形。

那天阳光明媚,翻滚的金浪中新加入了一点格格不入的枯黄。稻草人望着避开它的稻子,脸上绽放着笑容。

"嘿,你好!"

企　鹅

　　企鹅与北极熊相依为命，玻璃窗外，是无数来参观的人。

　　"我怕。"企鹅道，人类的视线仿佛一把把刀子，将它刺穿。

　　北极熊抱着企鹅，转过了身。软软的肚子包着企鹅，传递着温暖，好似阳光下的海水。游客们渐渐失去了兴趣，散开去了其他场馆。

　　"想回家吗？"北极熊问。企鹅点点头。

　　那是一个月明星稀的深夜，企鹅被叫醒。它睁眼，面前的北极熊向它伸出了手。

　　北极熊将企鹅甩上后背，冲出了动物园，在空无一人的街道上狂奔。到了码头，北极熊将企鹅藏进了极地科考船。

　　"我个子太大，进不去。"北极熊望着企鹅伸出的手，笑着摇头道，"我等到大船来了再走，你要来找我。"

　　两艘船，一艘去了南极，一艘却开往北极。企鹅回到家园时，才意识到这一点。

　　暴雪中，一只企鹅逆风前行，厚重的皮毛在狂风的侵袭下无比单薄。极夜深沉黑暗，它瑟瑟发抖，却仍未停止步伐。

　　终于，它见到了海，猛地一跃，向前游去。阳光突破云层，照在海面上，海水包裹着它，让它想起了北极熊的肚子。

　　"还要走很远呢。"它喃喃道，一往无前。

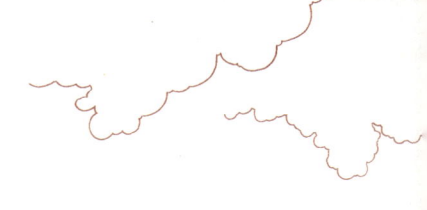

蒲 公 英

一阵风吹过蒲公英,无数种子随风飘起。

它们嬉闹着,欢笑着,向着远方飞去。

"我希望落到最肥沃的土地中。"最小的那颗种子张开白色的小伞,在心中默默祈祷。每颗种子都抱着同样的想法,它自然也不例外。

风将种子们吹得四散,落在不同的地方,只剩下了它。它飘了很久很久,最终落入泥潭。

淤泥抹黑了它的小伞,它挣扎着,却飞不起来,只好默默地啜泣。

"孩子。"泥潭边的柳树微笑着开口道,"当我还是一颗种子的时候,这片泥潭是现在的两倍大。"

"不要让这里成为你的终点。"

阳光穿过树叶洒了下来。种子感觉身下的泥潭似乎变得坚硬了一点。它擦干泪,点了点头,努力将根系向下伸去。

一代又一代,蒲公英的种子落入泥潭,泥土变得越来越坚实。

又是新的一年,风带来了一片杨絮。它们躲在泥潭边缘的角落,默默啜泣。

"孩子。"

泥潭边的蒲公英,微笑着开口。

不 冻 港

摩尔曼斯克港,北极圈中最大的港口之一,每年冬天,海水总会冻得结实。

头发花白的老人穿着厚厚的衣服,守着灯塔,轻轻啜饮着伏特加。

极夜来临,冰盖漂浮,总要有一个人点燃灯火。

一声哀鸣从远方传来,老人打了个冷战,站了起来,向远处眺望。

一头抹香鲸搁浅在碎冰之中。

老人轻车熟路地取过镐头,顶风出去。冰盖碎裂,抹香鲸得以逃生。

"第四十二条,还真是不让人省心啊。"老人望着远去的鲸鱼,笑着说道。

老人故去,被葬在灯塔之下。那指路的灯无人点燃,整座港口的航运陷入了困境。

一天夜里,声声鲸歌响彻了港口。冰盖碎裂,然后化开。

"没有灯火,你一定会冷。"鲸群聚在灯塔之下。

"看啊,我们带来了北大西洋的暖流。"

血　糖

女孩躺在病床上，看着手中的病历，深深地叹了口气。

糖尿病，这种老年病，却被年轻的她患上。连带着些许贫血，令她焦头烂额。这已经是她一个月内第二次晕倒了。

女孩是孤儿院的义工。

最近有个青年总在孤儿院的门口站着，似乎谋划着什么。她难以入睡，精神便也委顿下来。

女孩回到孤儿院时，已是深夜，孩子们早就睡了。她又坚持着查了一遍床，靠在椅子上。

一道黑影从墙边翻越。

女孩急忙取过手电筒，跑了过去。没想到那黑影也焦急地向她跑来。

"你没事就好，你没事就好！"皮肤白皙的青年高兴地拍着女孩的肩膀，舒了口气。

"喏。"青年掏出一沓钱，塞到女孩的怀中，"你不要总管孩子，也给自己补一补！"

"你是谁？"女孩一愣，出声问道。

"那个……我是附近的血族……"青年扭扭捏捏，偏开了头，"你的血……好甜……"

莲 藕

　　淤泥中，几节莲藕深埋其中。三尺净植钻出水面，托着花萼。

　　黑暗包围着藕，它努力着，撑住沉重的莲花。一年又一年，它从稚嫩变得衰老，它的身躯粗糙，却愈加坚实有力。

　　男孩摸索着，用力一挖，将藕从泥中挖出。阳光穿透藕身，填充了它满是缺口的心。

　　"妈妈，为什么莲藕里面是空的？"小男孩天真地挥舞着手中的藕，跑到母亲身边问道。

　　女人揉了揉男孩的头发。她微笑着，双眼眯成弯月。

　　"看到那些莲子没有？每当一颗莲子生出，莲藕便会缺少一点，作为代价化成莲花的色彩。"

　　"藕由莲子长成，也曾花开。那些色彩，是它们生命的流逝，同时也是延续。"女人顿了顿，指着自己眼角的纹路，"你看，这也是笑的代价。"

　　"它叫作传承。"

狼　牌

///////////

　　那是母狼与熊的战争，只要一方倒下，猎人出手的时机便会到来。他有足够的信心，将二者同收囊中。

　　猎人等了很久，终于，母狼又一次被熊拍倒后，没能站起。猎人张弓，箭矢飞射，刺入熊的后心。他笑着上前，准备收回猎物。

　　一声稚嫩的狼嚎传入他的耳中。他举弓，瞄准了声源。一只牙还不齐的小狼闪躲着，钻到母狼的怀中。

　　猎人突然明白了母狼为何不逃。

　　他叹了口气，放下弓，从腰间抽出一柄匕首，插进熊的颈间。血液汩汩流了出来，小狼蹒跚着上前，轻轻舔舐。

　　猎人空着手离开。

　　他依旧在森林中活动，年纪逐渐大了。又一次捕猎时，他失足跌落山下，失去意识。他醒来时，早已天黑。几米外，是十数对散发着幽光的眸子。

　　为首的巨狼向猎人逼近，龇出一口缺了一颗犬齿的牙，面容可怖。猎人被吓得后退，直到后背抵到山石。

　　巨狼的眼睛微微眯起。它低了低头，放下一件东西。然后它长嚎一声，带着群狼离开。

　　月光下，猎人看到一颗如匕首的长牙粗糙地嵌在木柄之上。木柄上留有不规则的爪印，依稀可以想象制作者笨手笨脚的样子。

礼 物

女孩靠在病床上，手中拿着吉他，对着窗外轻轻弹奏。琴声从窗缝溢出，飞向天空。

女孩在这家医院已经住了很久，早就知道自己病情的她，已经不再抱什么希望。她只是想在这个世界里留下些痕迹，哪怕只是一点点声音。

窗沿的鸟悄悄探着头，望着女孩的脸庞。

扫弦停下，女孩放好吉他，重新躺下。夏日的阳光洒在她的身上，留下一抹剪影。

她日复一日地弹着。

那天下午，女孩一曲未弹完，琴弦却先一步失了声。吉他落地，摔断了柄。她的视野一片模糊，感觉如坠深渊。

再醒来时，天气阴霾，心电监测仪记录着女孩的心跳。

"吉他断啦。"女孩望着天花板，轻声说道。

一道惊雷划过天空，照亮了她的脸颊。骤起的风拂过树叶，发出沙沙的声音。仅是瞬间，水滴便打在屋檐上，叮咚作响。

女孩转头，几只浑身湿透的小鸟立在窗沿，吹响了婉转的哨声。

音乐悠扬。

其实，夏季的每一场雨，都是上天回赠给希冀美好之人的礼物。

黑白无常

"收了你,任务就算完成了。"黑无常一甩锁链,缠住了游荡的孤魂,将其收入葫芦。

"运气真好,最近都遇不到顽抗的小鬼了。"他笑眯眯地自言自语道,"这样一来,今年就又会胜过哥哥。功德簿上多记一笔,升入天庭就指日可待了。"

数十里外,白无常把孤魂的诀别信塞入门缝,满意地拍了拍手上的灰。

"这次的遗愿还算简单。"他抬头望了望太阳,又微微皱起眉头。

"小黑那个笨蛋,不会这样还捉不到吧?"

复 生

"你也真是肯吃苦。"黑无常摇头,"一千年的苦工,换那么一天,值得吗?"

男人笑了笑,没有回答。

他跟在黑无常的身后,进入复生殿。殿内空旷无比,只有判官一人坐在椅子上。

"你可以选择回到生前的任何时刻、任何地点。"判官等他站定,开口道,"但代价是一千年。"

男人点了点头。

"条款你也应该看了。所有的一切,你只能经历,任何对于原本世界的改变,都是不被允许的。"判官说道,"即便这样,你也确定要回去吗?"

"我确定。"

判官叹了口气:"告诉我时间和地点吧。"

"2008年5月12日14时28分04秒,我在公司。"

男人站直身子,眸子闪亮。

"让我回家。"

斑 马 线

周末,孩子们都放了假。大街小巷,尽是欢声笑语。

男孩也是这个队伍中的一员,他刚从捉迷藏的地方出来,他的朋友便已经跑出去很远。

"喂!不要跑!"男孩叫道,急忙追赶自己的朋友。

跑到马路旁边时,红灯刚过,男孩焦急地冲了出去,一辆车转弯,直向他撞来。

司机大惊失色,急忙踩下刹车。男孩脚下不稳,朝后退了两步,跌坐在地,将将避开,只是轻微擦伤。

"哎哟,胸口好痛。"男孩摸着胸口龇牙咧嘴,"明明没被车碰到的。"

藏在斑马线中间的黑白无常收回同时抬起的腿,擦了擦汗。

"这是今天第六个了,这群小兔崽子就不能看着点车吗?"

Hey, Little Guy

中 元 节

"中元节,会有很多很多鬼吗?"中央大街十五号的一间卧室中,小男孩面露恐惧,"妈妈,我怕。"

白无常倚在窗外,掏出笔,记录下最后一个地点。

同一时刻,很远处的黑无常,正站在鬼门前的广场中央,宣读着最后的注意事项。

"……中央大街十五号附近,以上六十五个地点不要去,其他随意。"黑无常看着手中的小本子,强调道,"一定要记住,听明白没有?"

说罢,他拉开鬼门。

"黑无常哥哥,为什么这些地方不能去呀?"小女孩跑到黑无常的身边,好奇地问道。

"因为生人怕鬼。"黑无常解释道,"虽然外貌一样,但毕竟幽魂是飘行的。你们去了难免会被发现,只好委屈一下了。"

小女孩有些沮丧地低下头。游乐场也是黑无常划归的禁地,甚至因为恐惧鬼魂的人数太多而被重点提示。小女孩想去那里,而且计划了很久,这下,算是彻底泡汤了。

鬼门前的广场已经空了,仅剩下小女孩,迷茫地不知去哪儿。

黑无常看在眼里,摇了摇头。他走到小女孩的面前,蹲了下来。

"哇,好厉害!"

游乐场里,女孩望着呼啸而过的过山车,惊喜地挥舞双臂。

"喂,你不要乱动。"黑无常藏在袍子下面,小声冲骑在自己脖子上的女孩喊道。

"扛着你很累的。"

牛 头
马 面

　　画师最喜牛也最擅长画牛，画技极强，画的牛栩栩如生。他的挚友也做画师，素材却与他不同，是画马的一把好手。

　　二人自小结识，惺惺相惜，唯一的冲突便是都认为自己所喜爱的素材天下第一，对方的一无是处。

　　又是一场论战，画师依旧把挚友所喜爱的马贬得分文不值。两人都喝了酒，讨论逐渐变为争吵，激动处甚至差点动了手。终于，挚友愤恨地说出了老死不相往来的话，拂袖离开。

　　第二日清晨，画师酒醒，后悔不已。他几次写信给挚友道歉，却始终没收到回复。二人也就这样断了联系。

　　二十年过去，画师苍老了许多。这二十年里，他日夜煎熬，内心歉疚。终于，他决心画一幅《马相图》作为赔礼赠给老友，以求修好。

　　画师变卖了家产，去了草原，终日与马为伴。他观察着马身上的每个细节，练习无数次。他所画的马越来越精巧，越来越栩栩如生，甚至超越了当初自己挚友的水准。五年后，最后的画作终于完成，他带着画卷上了路。

　　那年的冬天超乎寻常地冷。年岁已长的他在途中患了风寒，不等到好友的家中，便在半路病死。

　　画师被黑无常领着进了冥殿，准备接受审判。等了半晌，一个戴

///////////

　　着牛头面具的鬼差拿着一卷写满了画师生平的竹简，推开了冥殿尽头的门。

　　原本萎靡不振的画师看到牛头鬼差之后猛地站了起来，哑然半天才颤抖着激动地说道："这是完美的牛相！能看到如此之作品，我便是死也值了！"

　　黑无常轻咳一声，示意画师安静。接着，牛头宣读了审判结果。令画师惊讶的是，自己竟然被选中做了牛头的搭档。

　　"嘿，牛头大人倒是帮了我的大忙了。"殿后，准备上任的画师拿着一只马脸面具对自己的搭档笑道，"我把我的画作铸成像您这样的面具戴在脸上，等到我的挚友来时，就可以用这种方式给他看了。"

　　"他看了一定会像我一样——"

　　话未说完，画师突然愣住，意识到了什么。他猛地转身看向身体微微颤抖的牛头，手中的面具掉在地上，发出"当啷"的声响。

骑 士

　　骑士跟随了公主许久，他们互相爱慕，但身份的差距，却是难以跨越的鸿沟。

　　不知是幸运还是不幸，巨龙将公主掳走了。

　　对骑士来说，这似乎是天赐的表现机会。骑士收拾行装，拿起利剑，踏上了征程。

　　城堡下，他冲向巨龙。巨龙吐息冲过，接连一个甩尾将他打飞出去。

　　骑士受了重伤，颓废地拎着断剑，转身离开。他忍着痛，挖开泥土，葬下了自己的剑。

　　剑冢，意味着一名战士的永别。

　　巨龙望着远去的骑士，得意扬扬。

　　"连你也要阻止我们。"

　　公主将长裙撕短，拿起利剑，跃上了巨龙的头颅，狠狠地刺了下去。

　　一双长腿出现在骑士的面前。

　　"挖出你的剑，娶我。"

仙 人 掌

又有一只小虫被吓跑，即便仙人掌刚刚救了它的命。仙人掌叹了口气，挺着胸膛，孤独地站在烈日之下。

他的身上长满尖刺，一不小心就会伤到别人，这使他受到排斥，常常独自一人。

刺猬从他旁边经过，看到了仙人掌落寞的身影。

"喂，小子。"一个声音从仙人掌的身后响起。他回头，发现是一只刺猬。

"你在叫我？"仙人掌有些惊喜，从出生起，他就没有过朋友。

"对。"刺猬点点头，"想不想做点事情？"

"当然想，可是我的刺……"

"别废话，帮我酿酒。"刺猬打断了仙人掌的话，从后背拽下一串葡萄，按到仙人掌的身上。

刺猬转身，脸上挂了一抹微笑。

"可你的心是软的，心软的人，都该有朋友。"

月 亮

小鸟一直向往着天上的月亮，它的梦想，便是能碰触月身，嗅一嗅月亮的味道。

学会飞行的那个夜晚，小鸟穿过层层积云，振翅向上。

随着高度的增加，气流的阻碍越来越强。小鸟耗尽了力气，也没能接近月亮一丝一毫。

一阵风吹过，倒折了小鸟的羽毛。它摇摇晃晃地坠下，落入一处寺院，砸中了正打坐念经的老和尚。

"对不起，我不是故意要打扰你念经的。"小鸟难过地垂着脑袋，"我只是想知道月亮的味道，却不小心被风吹了下来。"

老和尚笑着摇头，一边安慰，一边小心翼翼地捧起小鸟，为其包扎。

包扎完后，他转身离开。再回来时，他提着一瓶香油。

老和尚把香油倒在手心，在头顶抹匀。他的光头被涂得锃亮，仿佛一面镜子。

一轮月影在上面出现。

老和尚蹲下身子，探头向前。

"你闻，月亮是香的。"

骨 头

"你蹲在这里很久了。"将军望着面前脏兮兮的小狗,无奈地说道。

小狗吐着舌头,尾巴一甩一甩,眼巴巴地盯着将军的桌子,口水一滴一滴地落在地上。

"老子都快吃不起了,还要分给你。"将军咬牙切齿。他抓起桌上的肉骨头,扔了出去。

小狗蹿出去叼住骨头,叫了两声,转身跑远。

又一场战役结束后,将军再次来到了餐馆。吃到一半时,衣角被什么东西扯动。他低头,还是那只小狗。

男人无奈地耸肩,扔出一根肉骨头。这次小狗没有离开,而是叼着骨头跑了回来。

几次之后,喂食变成了习惯。

那天夜里,敌军偷袭了营帐,将军上马,匆忙应战。他执着长枪,斩杀一个又一个敌人。

飞箭射倒了战马,将军摔下,长枪打着旋儿飞出。他凭着短刀战斗,逐渐落了下风。

"汪!"

又一次斩杀敌人后,将军听到了熟悉的叫声,他一愣,猛地回头。

火光下,小狗摇着尾巴,嘴中叼着一杆长枪。

金 鱼

家里新添了鱼缸,小猫蹲在鱼缸前,视线紧紧跟着游来游去的金鱼。

女孩笑眯眯地摸着猫的头,道:"等鱼长大了,就送给你吃。"

小猫回头,似是答应般喵地叫了一声。

时间一天天过去,鱼长得越来越大,小猫每天都跑到鱼缸前观察,催促着女孩喂食,仿佛巡视着草场的牧民。

夏夜,女孩被热醒。睡眼蒙眬地摸着床头的水杯。

她一伸手,不小心将杯子打翻了。水洒到插线板上,电光闪了几下,火苗瞬间便点燃了屋子。

女孩惊醒,急忙切断电源。火势越来越大,转眼间已经蔓延到了门口。

一身焦味的少年闯入,他拎起了鱼缸,扑灭了门口的火,拖着女孩跑了出去。

二人刚刚站定,女孩的后脑勺儿便挨了一巴掌。她诧异地回头,少年一脸委屈,说话的声音都带着哭腔。

"你赔我的金鱼!"

幽 灵

"云上面是什么样子的呢?"男孩撑着下巴,好奇地望着天上的云,眼睛一眨一眨。

他正想着,突然间眼前闪过一道黑影。

"啊!!!"幽灵猛地跳出,大叫一声。

男孩一脸好奇地与他对视。

幽灵在空中飘着,动作僵住,脸色渐渐变得难看。

"你这样是对我鬼格的侮辱。"幽灵说道,"今天的业绩如果达不成,全城的鬼都会嘲笑我,你让我面子往哪儿放?"

"你会飞?"男孩开口问道。

"啊?"幽灵一愣,"会啊……"

男孩骑在幽灵的身上,欢呼着穿过云层,天空中繁星点点,映在他的眸子里。

"说好了啊,"幽灵不放心地提醒道,"一会儿下去装也要装出被我吓一跳的样子!"

麋鹿

麋鹿羡慕地看着大树，上面有很多鸟窝，一只只小鸟叽叽喳喳，飞上飞下。

麋鹿在树下绕了很久。

"怎么才能吸引到小鸟呢？"它望着树梢，默默地想，"是因为树上的鲜花吗？"

麋鹿撒开蹄子，跑到森林深处。它捡了很多很多叶子和花瓣，把它们歪歪扭扭粘在头顶。

麋鹿小心翼翼地藏在树后，伸出一对长角。

一只小鸟落在上面。

"哇，好美的花！"

无数小鸟飞了下来，叽叽喳喳。

最初的小鸟啄了啄麋鹿的耳朵。

"你伪装得好差呢。"

怀　表

据说只要拿一块怀表在眼前来回晃动,就会催人入睡。被催眠的人会陷入时间的长河,即便仅仅是度过了几秒,都仿佛有数小时一般。

男孩小心翼翼地把怀表系在架子上,侧向一边。他深呼吸,轻轻松开了手。

怀表落了下来,左右摆动。

时间一分一秒过去,男孩死死盯着怀表,眼珠左偏一下,右偏一下,直到怀表不动,静谧的空间里只能听见嘀嗒的声音。

"我怎么还没被催眠?"男孩噘起小嘴,疑惑地抓了抓后脑勺儿。

他重新拿起怀表,松手时,加大了力气。

怀表快速地摆动,这次,表针慢了下来,甚至开始反向转动。

"成功了!"男孩差点跳了起来。

"喂,你!"怀表突然出了声。

"你别晃了,我要吐了……"

两军

　　边塞的绿洲旁，坐落着一家客栈。老板胡子花白，酿的米酒堪称一绝。从二十年前战争开始，跑来店里蹭酒的兵痞便源源不断。

　　他倒也不生气，只是边关混乱，胡汉两军又都馋他酿的酒，在店中相遇，免不了相互叫骂甚至砍杀。

　　这时，老板就偷偷打开后门，放走失利的一方，又叫胜方一声兵爷，送上两坛好酒，安抚赔笑。

　　如此数年，相安无事，直到一伙新来的马匪闯进大漠。他们趁着关外战事严峻，洗劫绿洲。

　　马匪们冲入客栈，掀桌打砸。老板心疼地上去阻拦，被一脚踹开。

　　"拿钱来！"马匪拽着老板的头发，按在桌面上。

　　两军作战的击鼓声突然停了。

　　不一会儿，客栈的门被狠狠撞开，身着两身不同军装的士兵拥了进来。

　　"老头，今天后门就不用开了。"为首的两位将军互相啐了一口，异口同声道。

魔 王

　　一对夫妻开了家茶铺。老板是个归隐的侠客，也不知是谁多嘴，他年轻时的种种事迹，莫名其妙被传了出去。

　　"爷爷，听说你年轻的时候，是远近闻名的勇士！"

　　几个男孩缠住老人，眼中似要蹦出星星。

　　"那是！"老人喜上眉梢，显然是对当初的自己相当自豪。

　　他把手中的茶碗拍在桌上，说道："那时群妖遍野，是我一人领兵围剿。所降妖魔不知凡几，就连那魔王，也败在我的手中。"

　　"世界上真的有大魔王？"几个男孩惊奇地问道。

　　小孩子们崇拜的眼神让老人有种回到二十年前的感觉。他捻了捻胡子，自得道："当然有。"

　　"大魔王长什么样子呀？"

　　"啧啧，那可是了不得。"老人咂了咂嘴，"青面獠牙，喜食魂魄，凶恶狡诈，那……哎哟！"

　　他的腰被狠狠掐了一把。老人龇牙咧嘴地回头，正对上妻子玩味的眼神。

　　"那……那当然都是世人的误解！我给你们讲啊，这个大魔王可是个美人，她明眸皓齿，秀外慧中……"

西 瓜

少年撞鬼了。

仅仅是买水果的工夫,再次回到家,室内就明显多了一股阴寒气息。最初少年还不在意,直到关上了房门,才知道为时已晚。

那是个面目凶恶的厉鬼。

他猛地扑了上来,眼看就要抓住少年,却在少年面前紧急停住。

一人一鬼面面相觑。

"买的……西瓜?"厉鬼装作漫不经心的样子瞥了眼少年手中的袋子。

少年点点头。

厉鬼一把夺过西瓜,想了想,又分成两半。

"一半归我了。"

"你不吃我?"男孩擦了一把冷汗。

"你比西瓜好吃?"厉鬼翻了个白眼,他将一半西瓜放在怀中抱了一下,然后归还。西瓜冒着凉气,光是看着,暑意都消了大半。

"喏,还你半个,冰镇当作另外半个的报酬。"

"等等!"他又道,然后从背后掏出个勺子,挖走了西瓜最中间的那一口。

小 乞 丐

小乞丐被冻得瑟瑟发抖，他身上只剩两件单衣，根本抵挡不住寒冬的侵袭。

他团着身子，期待着雪停。

街角跑过来一只雪白的小狐狸，向小乞丐求救，小乞丐想了想，把碗翻过来，将其扣在下面。

不一会儿，又跑来个道士。

"这儿跑过去一只狐狸，你看没看到？"道士问。

小乞丐摇摇头。

"喏。"道士从怀中掏出一锭银子，颠了颠，"你要是告诉我那只小狐狸去哪儿了，这钱就是你的了。你可以买套新衣服，吃一个月的热乎饭菜。"

小乞丐的眼睛都直了，他咬咬牙，摇了摇头。

"我真的不知道。"

道士失望地把银子收回，转身离去。过了好久，小乞丐偷偷掀开碗，小狐狸蹿了出来，扑在他的身上，化为一张狐裘毯子。

"我没有银子，给你遮风挡雨，好不好？"

玩具骑士

男孩得到了一个玩具骑士，骑士手执兵刃，战意凛然，只是缺了一套合身的铠甲。

六一儿童节那天，男孩拿着积攒下的零花钱，兴冲冲地跑去商店，却意外地发现，橱窗上写着年幼的他根本无法负担的高价。

"如果能有一身铠甲，骑士就可以为我抓条龙来。"男孩憧憬地说道，却只能无奈地摇头。

他越长越大，几次搬家后，那骑士也不知被丢在哪儿了。

直到十年以后，偶然的一次打扫中，男人找到了年幼时的箱子。

"啊，好久不见。"男人看着颜色已经变浅的骑士，怀念道。当天晚上，他下班回家时，手中多了一个盒子。盒子拆开，是一套小小的银甲。

男人把银甲套在骑士的身上，轻道了一声："儿童节快乐。"

深夜，突然传来一阵敲窗户的声音。男人睡眼蒙眬地下床，走到窗边，打开窗户，有银甲在月光下闪耀。

一名高大的骑士翻窗而入，手腕一抖，甩进来一条飞龙。

飞龙摔在地上，哼哼唧唧的。男人目瞪口呆。

骑士把右手置于胸口。

"主公，儿童节快乐。"

火 柴

女孩在寒风中瑟瑟发抖。一位神路过,有些于心不忍。

"孩子。"神蹲下身子,递给女孩一盒火柴,"这盒火柴送给你,你每点燃其中一根,我就实现你一个愿望,你要善用。"

女孩点点头,她想了想,划着了一根火柴。

"我想要一只烧鸡。"她说道。眨眼间,一只烧鸡出现在她的眼前。女孩眼前一亮,又点燃第二根火柴。

"我还要一只烧鸡。"

烧鸡又一次出现,神的眉头轻微地皱了皱。

"我想要一个温暖的家。"女孩喃喃道,又点燃一根火柴。

许愿声刚落,远处街角走来一对夫妻。他们发现瑟瑟发抖的女孩,将其带回了家。

火炉旁,女孩又一次兴高采烈地划火柴,将其点燃。神从火焰中出现,道道火光衬得女孩的小脸通红。

"孩子,这将是你最后的许愿机会。"神的语气带着些许恼怒,他有些后悔将火柴送给这个贪得无厌的人。

"你来啦!"女孩的双眼眯成弯月,"快来这里取暖,这里好暖和的。"

说着,她从怀中掏出两只烧鸡,将其中一只递给神。

"给你留的,在这里吃,就不会吃坏肚子啦。"

小　狗

"喏，慢点吃。"

女孩从锅中捞出煮熟的猪骨，递给刚捡回来的小狗。

小狗扑上去，叼起骨头，跑到墙角大快朵颐，脏兮兮的尾巴左右摇着，抖落灰尘满地。

"你身上好脏……"女孩撇了撇嘴，"快吃，吃完给你洗澡。"

小狗抬眼望了一下，尾巴摇得更欢了。

小狗就这样住下了。它格外聪明，每天伴着女孩。唯一的缺点，就是小狗的食量大了点。

时间转瞬即逝，最近一段日子，市里发生好几起入室杀人案，死者均是被抽干血液，极其凄惨。

又一次喂食后，女孩依照新闻的提示，去锁窗户。

一道黑影抵住窗框，玻璃破碎，面色苍白的男人闯进屋子，龇出锋利的长牙。

还未等他进一步动作，一只手掌迎面按住他的脸，狠狠掼下。吸血鬼的头颅撞在地上，在瓷砖上留下裂纹。

"你惹错人了。"

小狗化为狼人，目光如剑。

黑 猫

黑猫悄无声息地出现，放下已经死掉的猎物。

少年如往常一般在墙角等它，见它过来，眼睛一亮，又一黯。

"这可能是我最后一次来看你啦。"少年把鱼干放在黑猫身前的破碗里，轻声叹道，"我是来向你告别的。那狗官终于来了，我要为我死去的父母报仇。"

黑猫"喵"了一声以示了解，慵懒地舔着毛。少年苦笑着摇头，转身离开。

当天夜里，少年孑然一身，执剑刺杀贪官。利剑刺穿贪官的胸膛，血溅三尺。

贪官临死前的叫声惊动了护卫。奔逃中，一枚箭矢射中少年的小腿，将他撂翻在地。

数十人包围了少年，为首的那名护卫抬手扬刀，凶狠落下。

两根手指捏住了刀背。

黑衣男子悄无声息地出现。他所经之处，护卫纷纷倒了下去。眨眼间，竟是不剩一人站立。

"小子，学艺不精啊。"慵懒的声音响起，黑衣男子缩小成一只黑猫，跳跃远去。

"每日鱼干照常。"

蛋黄粽子

小饭团和鸭蛋小姐青梅竹马,尽管族类不同,但也从不在意。

直到长大。

"我要走了。"鸭蛋小姐突然说道,"怀璧其罪,我的心是其他人觊觎的宝物,我不能连累你。"

小饭团拉住了欲逃走的鸭蛋小姐,摇了摇头。

鸭蛋小姐有些犹疑。

"相信我。"小饭团语气坚定。鸭蛋小姐叹了口气,将红橙色的心取出,交到小饭团的手中。

小饭团把蛋黄抱在怀里,朝着远处逃跑。巷子尽头,十数饭团围住他,询问鸭蛋小姐的去向。

"我不知道。"

雨点般的拳头落在小饭团的身上,他强咬着牙,忍住痛楚。

"老大,他应该是真不知道。"

饭团们恨恨地瞪他一眼,转身离开。

"你看,我就说我会保护好你的心。"

粽子浑身捆满绷带,咧嘴傻笑。

"现在,它属于你了。"

长 颈 鹿

每只长颈鹿都是草原上的移动 Wi-Fi，每一只头上都有着两个小圆柱一样的路由器。

它也一样，无数动物以它为中心，围着它前往各个地方。

长颈鹿喜欢身边的每一只动物，它总是努力站得更高，方便它们获取信号。

那一天，小圆柱坏了。

长颈鹿跑了很久，躲在山洞里小声啜泣。它不愿见到那些动物离开的背影。山洞里冰寒刺骨，一如它的心情。

笃笃笃……

洞口的岩壁被敲响。

"是你吗？"一个熟悉的声音不确定地问道。

长颈鹿抬头，数百只动物堵在洞口。

"你们……没走？"

动物们纷纷摇头。

"有些东西，比 Wi-Fi 重要呀。"

老 不 死

城内的一条小巷里,女孩轻轻踏着月光。

自从上了高三,下晚自习的时间便延长到了十点。小巷隔一条街就是酒吧,女孩每天都要先小心翼翼地避开那些散着酒气的人,才会朝着家的方向前行。

今天本应仍是如此。

女孩轻快的步伐停了下来。巷子里,四五个明显喝多了的男人将她围在中间。为首的男人盯着女孩露在衣领之外的锁骨,笑了笑,探出了手。

"小妹妹,这么晚了,一个人呀?"

然后,手腕被人捏住,不得进退。

他的身后,一位须发皆白的老人皱起眉头。

青年甩开老人的手,恶狠狠地指着老人的鼻子道:"老不死的,别管闲事!"

老人一愣,眸子里闪过一道寒光,眯起双眼。

"不愧是咸阳,果然藏龙卧虎。"老人后退一步,拱手说道,"阁下居然这么容易就看穿了我长生的秘密。若是只有我一人,恐怕还真要吃亏。"

"什么玩意儿,你神经病吧?"

/////////

"王齮！"老人扬声叫道。瞬间，无数秦甲战士在他身后出现，手执兵刃，杀气凛凛。

"白将军，末将听令！"

"尽量别弄死。"

老人转身，面容慈祥地说："走，女娃娃，我送你回家。"

耳后

小象避开了庞大的象群,远远地跑了出去。

象群中的数十头大象无一不在水中,唯独它站在河边,任谁喊它,它都恍若未闻,岿然不动。

"你身上已经很脏了,应当好好搓洗!"母象扬着鼻子,向它叫道,"所有人都在水中,这种雨季刚过,旱季未来的时候,可不是总能遇到。"

小象羡慕地看着其他伙伴,想象着水中的凉爽,最终还是坚定地摇了摇头。

母象无奈地甩了甩鼻子,不再管它,转过身去,帮助其他小象清理皮肤上的污垢。

过了好长时间,河中的大象开始逐个出水。待自己的母亲终于上岸时,被晒得发蒙的小象才如释重负地呼了口气,跃入水中。

"这样妈妈就不会让你们离开了。"小象把耳朵张开,几朵小小的蘑菇躲在缝隙里,轻轻耷拉着脑袋。

"喏,给你们水,快喝吧!"

数 羊

男人躺在床上，一遍又一遍地数着羊。

最近工作忙得要死，本就消耗了极大精力的他，竟然连续失眠了好几天。

"一只，两只，三只，四只……"

一只又一只羊在男人的脑海中按照他数数的节奏跳来跳去。

随着时间的流逝，羊不断地出现又不断地离开，男人后来甚至有些气喘吁吁。

"三万两千四百七十一……"

"大哥，咱们还是打晕他吧，我受不了了。"有声音在男人的耳边响起。肩膀被捅了一下，男人猛地清醒过来。

男人睁开眼，好几只羊站在他的床头前，均是一脸不耐烦。其中一只拎着根棍子，不怀好意地掂了掂。

"下面还有四五家，我们已经三天没完成任务了，你说怎么办吧！"

另一只羊瞟了眼餐厅的方向，咳嗽了两声。餐桌上的塑料袋中，装着男人新买的水果。

"请你自觉一点。"

强　盗

男人是出了名的地痞，撒泼打砸、调戏民女……只要是恶事，几乎做了个遍。村子里每个人都唾弃他，他倒也不在乎，仍是浑浑噩噩地过着。

两国争斗，战火很快就烧到了他所在的村子。

男人拎了一把厚背砍刀，准备趁着混乱，杀人劫货，发上一笔横财。他首先选择的，就是村头的孤老。

夜幕降临，敌国的士兵闯进了村子。男人藏在门后，打晕其中一个，换上敌军的服装，混入人流。他把刀藏在背后，走近老人的家，准备踹开大门。

门先一步被打开一条缝。

"孩子，快进来！"老人一把将他拉入，紧紧地关上了门。

"外面全是敌国的军队，据说已经洗劫了好几个村子。"老人道，"你就算打扮成这样，也迟早会被发现的。快从后门跑，离开村子，这木门挡不了太长时间。"

男人愣了一下："你不怕我是坏人？"

老人气急："哪那么多废话，老子是看着你长大的！"

男人拽过一把椅子，坐在了门前。他从背后抽出刀，冲老人笑了笑。

"老头，今天这门，谁也进不来。"

父 亲

少年的父亲是守城将军,战功赫赫,无往不胜。

他自小便把父亲当作偶像,立志要成为像父亲那样的战士,独当一面。每次父亲迎敌,少年都站在城墙之上,远远地望着。

十六岁那年,父亲在战斗中受伤,落下战马,摔断了腿。

腿伤使父亲难以为继,他不再是独立于阵前的将军。退伍那天,父亲的头发一夜花白。

又一场战争开始,少年向父亲索要祖传的古剑,意欲从军。令他万万没想到的是,父亲拒绝了。

"孩子,看看我的腿,我更希望你平安,而不是……"

"懦夫!"他愤怒地打断父亲未说完的话。

少年还是不顾父亲的阻拦,参了军。他手持剑盾,浴血杀敌。

敌军的骑兵冲散了军阵,其中一人盯上他,露出了一丝嘲笑。重锤先是将马拍翻,又砸向他的头颅。

一道劲矢狂飙突进,射穿了敌人的胸膛。

少年回首,望向箭飞来的地方。

城墙上,鬓发花白的父亲,张弓搭箭。

猎 手

男人是镇子里最强的猎人，弓箭用得出神入化。森林中，没有他无法得手的猎物。

就在刚刚，男人射中了一只狐狸。他如往常一般跑上前去，准备收取猎物。却对上了一双泛着泪光的眸子。

男人纠结了一番，骂了一句，把猎刀插回鞘里，转身离开，没想到刚走几步，却听见狐狸惊恐的叫声。

男人回头，一只狼自树后扑来，眼看就要咬断小狐狸的脖子。

千钧一发之际，他狠狠地将弓砸了过去，狼被砸倒在地，然后夹着尾巴逃远了。

只是那把弓，因为受到重击而折断。

男人心疼地摸着自己的弓，叹了口气，将小狐狸抱回了家。

在男人的悉心照顾下，小狐狸很快恢复了。男人也找到了木匠，准备修复他的弓。

清晨，男人醒来，准备拜访木匠，却发现弓和狐狸同时消失了。

"该死的小偷，早就知道信不得。"男人跑出家门，顺着小狐狸离开的痕迹追踪。

刚冲入林间的小路，一道红色的身影便和他撞在一起。

男人踉跄着摔倒，抬头正要怒骂，却对上了一双泛着泪光的眸子。

"好痛……你的弓，我修好啦！"

熊 猫

"喂，别想跑！"

饲养员无奈地冲了过去，一把将熊猫抓了回来，抱在怀中，说："该称体重了，不要乱动。"

熊猫挣扎着，用尽全力想要挣脱饲养员的束缚。好不容易，才称量完毕。

"啊，又长胖了。"饲养员有点自豪地笑笑。

时间一天一天地过去，熊猫也渐渐长大成熟。

夜，月黑风高。几个胆大的窃贼闯入了园区。从财务室出来的他们刚好撞上了还未回家的饲养员。饲养员先是一愣，接着掏出手机报警。

为首的窃贼心狠手辣，掏出匕首，捅了过去。一刀下去，饲养员痛呼出声。

又一刀捅了过去，就快触到皮肤时，窃贼却突然感觉脚下一轻，整个人向一侧飞了出去。

窃贼吓了一跳，强忍着痛，也顾不得落在地上的刀，急忙逃跑，然后被一把抓了回来。

黑白相间的庞大身躯将他抱在怀中，窃贼疯狂挣扎，却难以挣脱束缚。

"不要乱动。"

得 失

汽车路过一片玉米地时,减慢了车速。男人摇下窗户,望向地里硕大的黑影。

"儿子,你看。"

男孩把头探出窗外,是一只狗熊。那只狗熊正不断摘着玉米,只是它摘一个,之前在手中的玉米就会落下一个。

"这就叫狗熊掰棒子,掰一个扔一个。"男人说道,"贪心不足,自然是想得到的越多,失去的也越多。它这样,手里永远都只有一个玉米。"

声音从车窗传到外面,传入狗熊的耳中。狗熊望着远去的轿车,吐了吐舌头,做了个鬼脸。

它又握住玉米,用力拽下,剥开皮,扔到身后。

玉米落下,与地面相撞,玉米粒颗颗散落。

狗熊硕大的身躯后,是数十只叽叽喳喳的小鸟,它们紧跟其后,啄食着曾被包得严严实实的种子。

"失去便失去吧,我贪心想要的又不是玉米。"狗熊笑眯眯地望着小鸟,轻声道,"是你们呀。"

小 笼 包

女孩拎着店里刚蒸好的小笼包，推开了门。

"这可恶的天气……"她抱怨道，"我简直像是笼屉里的小笼包，要被蒸熟了。"

女孩每天早上都会拎着早餐去孤儿院看那些孩子，这是她多年以来的习惯。最近天气闷热，她却舍不得花钱打车，仍是步行前进，落得个汗流浃背。

"省下点钱，可以给孩子们多买几本书。"老院长每次问起，她都是这样回答的。

在一个十字路口等待红绿灯转换时，女孩手中的袋子突然抖动起来。她一愣，停下脚步，小心翼翼地把袋子拿到眼前，解开封口。

一个小笼包从袋中跳出，打在她的脑门儿上。女孩惊讶地睁大双眼，倒退了几步，刚好在路边绊了一下，摔倒在地。

一辆货车呼啸而过，与前面的车追尾，在马路上留下一道烧胎的印记。女孩吓了一跳，这才知道自己刚刚避过一场大难。

"是你……救了我？"女孩捧着手中的小笼包，难以置信，"为什么？"

小笼包一跃，落回袋子中。

"因为你是蜜糖馅的小姐姐。"

乘 龙

"爸爸以前可是很强的哟。"男人总是这么说，"想当初神龙都以我为尊。"

每当这时男孩就会撑着下巴，看着男人，目光中充满崇拜。

天下大涝，河堤被冲垮，发了洪水。

"好大的雨，学校都被淹了。"男孩拿着书包，望着窗外，沮丧地说道，"也不知道我的同学都怎么样了。"

男人抬手，揉乱了他的头发。

晚饭后，雨稍稍小了。男人披上雨衣，遮住一半脸颊，走出房门。

男人踏着水，疾速奔行。地铁站门口，他甩开雨衣，闪电照亮了他的侧脸。

他走进无人的地铁站，将手掌放在地铁之上，轻轻道："我回来了。"

车头的灯光大亮，地铁化为巨龙，一飞冲天。

雨过天晴，男人看着儿子蹦跳着跑进学校，轻笑着。

"我以前可是很强的哟。"

窃 烛

庙里的蜡烛没日没夜地燃烧着,并为此而自豪着。

它受到大家的拥护,同时也回报以光明。一到夏天,就有无数只小虫绕着它飞。一切都趋近于它想象中的完美生活。

除了那只小鼠。

它总是趁其不备,毁坏庙里的帘子,甚至当着蜡烛的面,偷走落在地上的烛油。

奈何蜡烛离不开烛台,每次一发生这种事情,它都只能愤怒地大喊一句"你个小偷",然后独自生闷气。

终于,蜡烛燃到了尽头,在这一天熄灭。它惶恐地发现,之前围绕着它飞的小虫,全都不见了踪影。

小鼠又爬上了桌子。

"喂!你个小偷,又要偷些什么?"蜡烛没有底气地叫道。

小鼠放下一根由蜡油和布片捏出的粗糙蜡烛,将仅剩的一节烛芯抱起,揉在顶端,轻轻道:"偷你。"

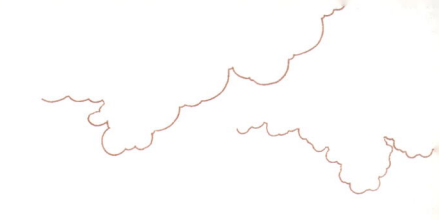

娃 娃 机

女孩站在娃娃机前,看着里面的小熊。她掏出攒了多年的钱,兑换了硬币。

她自小体弱多病,性格也内向得很,从出生到十几岁,始终形单影只,不言不语。时间久了,孤孤单单的倒也习惯了,只是偶尔看着他人欢笑,莫名神伤。

遇见小熊时,那个家伙藏在娃娃机的最下面,没人愿意费力去抓。女孩尝试了几次,花光了零用钱,也没能抓到。它成了女孩唯一的朋友,每天放学,女孩都会跑来,与它聊到很晚。

终于,女孩攒了足够的钱,决定把它抓出来。

硬币一枚枚投入,女孩努力扳动操作杆,却总也抓不到小熊。她急得落泪,可直到最后,也没能如愿。

"我一直在。"小熊安慰道,"只是缘分未到。"

女孩擦了擦眼泪,跑回了家。之后的每个月,她都会再尝试一次。第十年,女孩又一次把硬币投入其中,却仍然没能成功。

"你还在。"她道。

"当然。"小熊笑,"我虽然不能主动被抓,但如果我不想,也没人能抓到我。"

"可是我永远也学不会抓娃娃。"女孩也笑。她掏出一张信用卡,递给服务生,然后将橱窗狠狠砸碎!

"不好意思,这台娃娃机,我买下来了。"

西 瓜 开 门

　　Jack（杰克）来中国留学，已有两年时间。无论书法还是京剧，只要与中国有关的东西，他都会上手学学，钻研一番。只有一个问题，令他百思不得其解。

　　超市里，Jack 又一次看到有中国人敲瓜的情景，终于再忍不住好奇。

　　"为什么要敲？"他开口问道，"无论你敲多少次，也不会得到回应啊……"

　　敲瓜的大妈抬起头，耸了耸肩："外国人懂什么，敲西瓜是为了看看瓜是不是熟了。"

　　Jack 愣了一下："是不是熟了？这也能靠敲看出来？"

　　大妈微微一笑，没有回答。

　　Jack 找了一个看上去最大的西瓜，弯曲手指，用力敲响。

　　砰砰砰……没什么特别的。

　　他又找了另外一个西瓜，敲了几下，还是同样的砰砰声。

　　"是次数不够多？"Jack 疑惑地嘟囔，接着，伸手敲了几十下。

　　西瓜猛地炸开，一颗西瓜子飞出，打在 Jack 的脸上。

　　"敲敲敲，有完没完啦！真是没礼貌！"西瓜开了个门，一个小人探出身子，不耐烦地冲他吼道，"熟了熟了！"

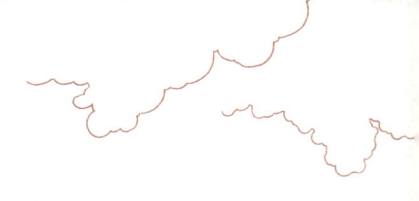

狼搭肩

"我跟你讲,这座森林里,有很多只狼。"少年的好友煞有介事地说道,"走夜路的时候,一旦肩膀被搭住,千万不要回头,只要你一回头,就会被狼咬断脖子。"

少年耸了耸肩说:"小说看多了吧。"

朋友欲言又止,终于还是没说什么。

太阳西落,少年走在小路上,向家的方向赶去。风吹动树叶,发出沙沙的声响。他突然感到肩膀上搭了些什么,心里猛地一惊。

少年想起之前朋友说的话,双腿都软了。他脖子僵硬着向前,一直没敢回头。

"停!"走到森林中央时,少年的耳边响起一声大吼。

少年猛地停住,差点被吓出尿来。

"嗷,我到家啦,谢谢你背我啊。"灰狼拍了拍少年的肩膀,掏出粒碎银子,塞到少年的手中,"喏,其中一粒,是你背我回家的酬劳。"

少年接过银子,还没反应过来是什么状况,傻傻问道:"那另一粒呢?"

灰狼说道:"我说段话,你把这段话说给别人听。另一粒,就是这个的报酬啦!"

睡 神

睡神拎着一把拂尘，挨家挨户地检查着。任何一个已经睡了的人都会在他的帮助下，进入深层睡眠。

他如往常一般，踏进一户普通的三口人家，先拿过拂尘，将父母催眠，然后才推开孩子的房门。

睡神一进门，小男孩便呆呆地望着他。

"小弟弟……你……"睡神刚开始说话，男孩突然咧嘴大哭起来。

"妈呀！小祖宗！你这一嗓子，我一晚上的活都白干了！"睡神手忙脚乱地摸遍全身，最后掏出块糖，"嘘，早睡才对身体好。这个给你，只要听话就有。"

男孩收了声，把糖放进嘴里，点了点头。

那天之后，男孩都是准时入睡。睡神也遵守诺言，每天在床上放一颗糖给他。

睡神顶着两个黑眼圈，日复一日地熬夜。又一天，他如过去般睡眼惺忪地推开男孩的房门，意外地发现，男孩竟然没睡。

"你怎么……"

"嘘，小哥哥，这些都给你。"男孩端出一个盒子，里面满满的，全是睡神送出去的糖。

"你也要睡觉，早睡才对身体好。这些糖，只要听话就有哟。"

你的国

年轻的士兵看着对面的军队,咬牙握紧了剑。

这已经是两国爆发战争的第六年了,大战不多,但摩擦不断。年轻人应征参军,在战场拼杀。

他参与的第一场战争遇到的第一个敌人也是个年轻人,一场战争后,算是结识。

战争持续了很久。十年过去,士兵先成为长官,又成为元帅。碰巧的是,他初遇的那个人,也同时成长为敌军元帅。

两军又一次在战场相遇,这次敌军冲势意外地猛,已成元帅的男人因一次指挥失误,铸成了大错。战阵被冲垮,敌军突入,准备屠杀。

收兵的号角突然响起,男人手下的兵因此活下大半。

战争因此停滞了许久,敌军的元帅被处斩,再没在战场上出现。

犒赏酒会上,皇帝赐酒给男人,男人一饮而尽,突然拔刀,斩下了皇帝的头颅。然后男人领军闯入敌国,敌国新上任的元帅能力不足,被他横扫。

墓碑前,男人放下两颗头颅。

"这不是他们的国,这是你的国。"

笨　狗

　　老人的丈夫离世了。

　　对一位已过耄耋之年的女性来说，伴侣的逝世与天塌了没有什么区别。

　　老人备受打击，自丈夫去世那天起，她仿佛就失了魂，对外界的一切都没了兴趣。不仅仅是对子女的呼唤反应迟钝，就连杯子倒了，她也要过很久才将其扶起。

　　"老人如果继续这种状态，大概用不了多久，就会患上老年痴呆。"医生叹了口气，"养些动物吧，把心里的寄托转移，或许对她会有帮助。"

　　第二天，老人的女儿便抱回一只小狗。小狗聪明得很，行动却不太机灵，颇像个腿脚不灵便的老人。

　　从来到这个家开始，它便不断惹出麻烦。

　　老人的家被搞得一团糟，她不得不始终跟在小狗身后，收拾残局。随着时间的流逝，老人的思维竟真的比以前灵敏许多。

　　"汪汪汪！"小狗焦急地叫，它不知怎么上了柜子，不敢跳下来。

　　"你怎么这么笨啊……"老人无奈地笑笑，起身走到柜子旁，将小狗抱起。

　　"这老胳膊老腿的，不容易啊。"小狗摇摇尾巴，默默想道。

　　"你笨，我放心不下，就只好我笨了。"

03
SUN

即便走了几千里，你也在我心里

龙 王

一整天的暴雨，仿佛天河溃坝。城市的排水系统不堪重负，街道如同河流。

"这什么破天气啊……"女孩坐在车里，无奈地拧着钥匙。

就在刚刚，车子瘫在路中央熄了火，再也没能启动。无论女孩怎么转动方向盘，怎么扳动排挡，都无法使车挪动一丝一毫。

大水已经漫过了轮胎，涌向车内。

直到水流打湿了女孩的裤子，她才反应过来发生了什么。女孩大惊失色，急忙拉开车门，准备逃生。

车却突然在这个时候动了起来，向着水更深的地方滑去。

水流湍急，女孩努力想要逃脱，却始终找不到时机。

车体一震，猛地停止滑动。一只手伸过来，把女孩从车中拉出——是一位仙风道骨的老人。

"这么大的雨，不要到处乱跑呀。"老人捋了捋自己的胡须，故做高深。

女孩愣愣地看着老人，指向他身边的云彩说："这是什么？"

"棉花糖！"老头的脸一红，把云彩塞进嘴里，再不看女孩一眼，逃也似的转身跑掉。

"这本来就是你犯的错吧，还怪我乱跑。"女孩扑哧一笑，"救人的时候也不知道装得像一点，龙王大人。"

石 狮 子

"馆长,这头石狮子还是运走吧。"保安劝道,"又不是什么文物,仅一只摆在这儿,也不好看啊。几个大馆的馆藏运来展览,总不能让人家看笑话不是?"

馆长摇摇头。

保安在博物馆工作了七八年,每次提出这个建议都是同样的结果,这次也不例外。他只得无奈地耸耸肩,不再坚持。

夜班,保安正想着如何说服馆长时,突然听到了脚步声。他带着电棍出去巡查,刚好碰上了撬开大门正准备盗窃文物的歹徒。

两个歹徒对视一眼,下了狠心,猛地从兜里拽出了枪,瞄准保安。

"完了。"保安看到黑漆漆的枪口,只觉得天旋地转。

"嗷!!!"

伴着一声咆哮,巨大的石狮子冲了过来。歹徒大惊,慌忙开枪。子弹全被弹开,石狮子扬爪,将两个歹徒一起打飞出去。

"你你你你你你……"保安吓得结巴。

"嗷!!!"石狮子又是一声暴吼,把保安吓得一屁股坐在地上。

"别叫啦,现在已经十二点了,打扰到附近居民休息就不好了。"

老馆长走上前来,抚摸着石狮子的鬣毛,目光里满是慈爱。

石狮子闭上嘴,不满地偏过头。

"行啦行啦,不就是说你不好看吗,生什么气?"

老 槐 树

老槐树立在阳光之下。盛夏的热浪中，它的阴凉处是各类昆虫最喜乘凉的地方。

几只蝉不断地鸣叫着，发出"知了知了"的声音。它们吮吸着老槐树的树汁，大快朵颐，肚子被撑得鼓鼓的，像个皮球。

缠在老槐树身上的藤蔓看着蝉的举动，气不打一处来。

"喂，我说，你为什么不把这群吸血鬼赶走？"他对老槐树说道，"这群该死的东西对你有百害而无一利。"

老槐树没有应答。

"这些蝉还未出生时，便在地下吸食你的血液。几年过去，好不容易到了能摆脱的时候，你却从不赶它们走。"藤蔓怒其不争，"它们没日没夜地叫不说，这一整个夏天它们都在靠你的血液孕育后代。到了秋天，又会多一群吸血鬼埋藏在地下。"

老槐树依旧沉默不语。

"唉！你呀你，怎么就那么傻！"

夕阳下，不远处学校的放学铃声响起。五六个背着书包的孩子你追我赶地冲出校门。他们嬉笑打闹着跑过数百米的路程，最终停留在老槐树下。

"呀,你们看!"其中梳着羊角辫的小女孩叫道,"是蝉!"
　　她小心翼翼地把跌落在老槐树下的蝉捡起,爱不释手。几个孩子闻声围了过来,纷纷寻找着属于自己的小惊喜。
　　"你看,"老槐树低声笑道,"他们多高兴。"

孟婆汤

小女孩站在奈何桥上，面前是靠在躺椅上的孟婆。

"你到底喝不喝？"孟婆瞥了一眼面前的小女孩，不耐烦道。

"孟婆奶奶，"女孩低着头，小声问道，"这汤，是甜的还是苦的呀？"

孟婆没好气道："我怎么知道，喝了孟婆汤的人，早都失忆了。"

"可我怕苦……"女孩退了一步，思索了一番，还是摇了摇头，"算了，我还是再等等吧……"

这一等就是六天。

女孩始终坐在桥边，望着忘川河水发呆，孤零零的，一句话不说。

第七天，孟婆端着两碗汤，坐在了桥前。

"喂，小丫头。"孟婆招手，把女孩叫到身边，"我这六天来一直在研究，终于把孟婆汤改进了一下。现在的味道，大概会是甜的，不过我要尝一下才能确定。

"只不过这汤有使人失忆的效果，即便以我的法力能消除大半的副作用，喝汤那一会儿的记忆，也免不了会消失。在那之前，我会告诉你它到底是甜的还是苦的，你一定要记住了。"

女孩点了点头。

孟婆喝下汤，深深地皱起眉头，面露痛苦，很显然，她的研究失败了。

"咦，我刚才要说什么来着？"孟婆看着其中一只手上的空碗，疑惑道，"哦，对了，这汤怎么样，是甜的还是苦的？"

女孩拿起另一只碗，一边应着，一边把汤灌入嘴里。

"甜的，很甜很甜，比棉花糖都甜。"

废 物

　　镇子里有处宝藏，据说得到的人便可以依靠其称霸大陆。数十年来，宝藏一直被各路人觊觎着，其中数魔王实力最高，他曾是大陆数一数二的高手，为了获得宝藏一直冲击着小镇。

　　大侠是宝藏的守卫，每隔几天，魔王便会来到镇子与其战斗一番。大侠很强，战斗次次都以魔王的失败告终。大侠不忍取他性命，几次劝他改邪归正，却也无济于事。

　　转瞬间，二人已纠缠了十余年。魔王还值壮年，大侠却已经老了。这天，魔王又一次站在镇子前，嚣张地用自己手中的长刀点了点地面，释放出强大的气场。

　　须发灰白的大侠从镇子出来，奔向魔王。大战数十回合后，魔王终于再次败在了大侠手下。他后退数步，急急地逃向远方。

　　镇民爆发出欢呼声，他们迎接大侠回镇，斟酒设席犒劳其为镇子所做的贡献。

　　镇子门口茶铺的老板没有参加庆功宴，他开了坛酒，摆在桌上。

　　"爷爷，魔王这么弱，为什么每天还要来镇子里闹啊？"老板的小孙子疑惑地问道，"他明明又打不过大侠……"

　　"喀，小孩子懂什么。"一个蒙面的男人不知何时出现，揉乱了男孩的额发。他坐在茶铺老板的对面，把面罩掀开一角，将酒灌进嘴里。

几分钟后,镇门口又来了个面露凶相的匪徒。

"大侠呢?让他滚出来。"匪徒一脚踢翻了茶铺的桌子,"交出宝藏,饶他不死。"

"你难道不知道,连魔王都不是这镇子里大侠的对手?"蒙面男人放下酒坛,开口问道。

"那是魔王废物,他打不过大侠,可不代表我不行。"匪徒冷笑道,"就算大侠很强,刚战斗完,一定也消耗了不少气力。"

"废物?"男人起身摘下面罩,魔王的脸露了出来。他冷哼一声,抽刀拍翻了匪徒,身姿完全不似刚才败逃时的狼狈。

男孩吓得从桌前站起,躲到了爷爷的身后。

"怕他应付不过来,只好没完没了地闹了……"魔王挠了挠头,有些腼腆地冲男孩笑道,"小心这话不要传到那老头耳朵里,他自尊心太强。"

灯　神

女孩战战兢兢地走进走廊，轻轻将门关好。

就在几天前，学校的课时再次调整，她归家的时间，也由原本的九点改到十点之后。

女孩小心翼翼地上楼。她始终感觉走廊里有什么鬼魂之类的东西，以至于她被吓得腿都有些发软。

走廊的声控灯突然灭了。

女孩急忙"喂"地喊了一声，灯重新点亮，她这才稍稍安心。

短短半分钟的路程，她走了足足五分多钟，甚至还连喊了十四次"喂"。

第十五次灯灭时，还不等女孩叫嚷，灯自己亮了起来。

"喂喂喂喂喂，有完没完了！"一个男人从墙壁开了个门出来，"你叫一次，我就得按一下开关给你开灯，大晚上的，你倒是舒坦了，还让不让我睡觉！"

女孩吓了一跳，后退两步，诧异地问道："你是……"

"灯神！"男人伸手从角落拽出一只怯生生的正瑟瑟发抖的小鬼，没好气道，"你还怕他？他的胆子都不如你大，看你那两嗓子把这孩子吓得。"

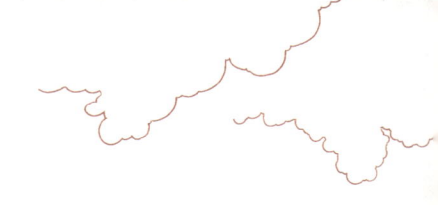

猎 妖 师

每位猎妖师在成年时,都要进行一项成人礼——寻宝。

寻得的宝物可以是药材,也可以是捕猎到的珍禽猛兽。当然,最完美的表现就是捕到一只妖或是采到极品的天材地宝。

少年望着不远处的一只妖狐,心中暗喜。如果能捕到妖,今年成人礼的第一名,一定非他莫属。

他掏出家传的战弩,瞄准了妖狐。

过了好一会儿,他叹了口气,收回了弩,换上了一副弹弓。想了想,他又把弹弓收起,拿出一张网,小心翼翼地摸上前去。

少年奋力一跃,令他没想到的是,自己竟然轻易地罩住了妖狐。

小狐狸可怜巴巴地看着他。

少年心一软,收回了网,推搡着小狐狸,说:"走吧走吧,快回家。你这么好捉,遇到我的师兄弟们可就惨了。"

小狐狸在男孩的手中吐出一截看起来就不是凡品的人参,跃入草丛。少年喜上眉梢,美滋滋地捧着人参返回。

待男孩走远,小狐狸摇身一变,化为人形,扑哧一笑。

"那个小猎妖师呢?"老妖看着优哉返回的妖狐,皱起了眉头,"你身为大师兄都没捉到他?"

"他太厉害,要不是我跑得快,就死在他手里了。"化为人形的妖狐摊了摊手,"现在的年轻猎妖师,真是人才辈出。"

"况且,还挺善良的。"妖狐想了想,又补充了一句。

镰鼬

传说有一种名为镰鼬的妖精，身似鼬鼠，有一条利刃似的长尾。

它们是三兄弟组合，是空气中的妖精，最喜欢的食物是行人的血液。第一只把人绊倒，第二只在皮肤上划出伤口，第三只则负责给伤口敷上膏药。

"被袭击的路人往往直到最后，也不知道发生了什么。"小镰鼬看着年轻人手中的画册，一字一句地读道。它是三兄弟中最小的一个，今天第一次参加狩猎，碰到的人类却刚好捧着一本记录着自己的画册。小镰鼬大为好奇，凑上前阅读。

"哥哥，膏药是什么呀？"

"早就失传了。"它的哥哥有些无奈，"那都是几百年前的东西了，你只管吸血就好。至于伤口什么的，一会儿自己就愈合了。"

弟弟若有所思地点点头。

"我先上了！二弟，迅速跟进！"第一只镰鼬飞扑上前，将年轻人推倒。

第二只镰鼬紧跟其后，擦着年轻人飞过，在其皮肤上划出一道伤口。

接下来是第三只，它动作敏捷，毫不犹豫。三兄弟完美落地，每个步骤，都配合得天衣无缝。

"血呢？"最大的那只镰鼬望着两手空空的三弟，脑袋"嗡"的一声。

小镰鼬挠了挠头，问："什么血？"

"不是让你吸血吗？"

"哦哦，我看那个画册上说，要把伤口封住。"小镰鼬有些沮丧，"只可惜没有膏药。"

年轻人放下画册，撕下胳膊上的卡通创可贴，一头雾水。

小人鱼

男人救起被渔网缠住的小人鱼,将其放回海中。

他是远近闻名的航海家,出海数十次,甚至还环绕过地球。这还是他第一次见人鱼。

船后的浪花里,纤弱的小人鱼艰难地跟着。

"不要跟着我们了!"男人冲船后的小人鱼喊道。小人鱼却充耳不闻,一点没有要离开的意思。

船员说:"据说鱼的记忆只有七秒,每隔七秒,就会忘记自己做过的事情。或许就是因为这样,她才始终跟着。"

男人这才恍然大悟。

小人鱼成了航船的常客,只要出海,必定随从。她不言不语,跟着船远航。每到吃饭时,男人都会分给她一份食物。男人时常向她倾诉,尽管她只是聆听,从不回应。

又一次出海,男人仍是志得意满。谁也不曾想到,狂风暴雨中船会触了礁石。

再睁开眼时,男人躺在沙滩上,旁边是小人鱼。每隔一会儿,小人鱼就要重新游到男人的身边,轻轻吻一下他的唇,吐出一口气。

"你救了我。"男人摸了摸小人鱼的头,"你陪在我身边有五年了吧,小姑娘都长成大女孩了。"

"如果我向你表白的话……"男人苦笑着摇了摇头,"只可惜鱼的记忆只有七秒。"

"我可从来没承认过哟。"小人鱼第一次出声,脸蛋通红。

"我只是一直在学人类的语言,还有……

"看不够你而已。"

月 老

几个月前，女孩遇到渣男劈腿。

似乎是为了忘记悲伤，女孩一头埋在工作之中，除此之外，就始终在家待着，不去搞社交，也不接触外界。几个月内，除了每天和家里养的小猫说话，女孩甚至连嘴都不怎么张。

七夕那天，情侣们都带着蜜意约会时，女孩独自一人在冷冷清清的公寓中醒来。她摸了摸身边，小猫不在，不知跑到何处玩耍去了。

女孩没有在意，自顾自地洗漱，刚刚洗完，就听见门突然被敲响。

女孩疑惑地跑去开门，门一开，一束火红色的玫瑰映入眼中。

一个少年捧着玫瑰，结结巴巴道："那……那个……送花的人留言说，你应该出去逛逛，不要总待在家里……"

女孩一脸狐疑地看着少年说："你看起来有点面熟啊。"

"我其实是月老，你知道月老吧？"少年急急地解释道。

"哪有这么年轻的月老！"女孩挑了挑眉毛，"你胡诌些什么？"

"是真的！"少年怯生生道，他知道自己编错了借口，硬着头皮从口袋里掏出一根红线，"你看，这根红线就是证据，只要把一端缠在……"

女孩一把夺过红线，缠在自己的小拇指上，又探身上前，将另一端绕在少年的小拇指上，然后抬起手，摸了摸少年的头。

少年一愣。

"走啦，早认出你是谁了，这毛线球还是我给你买的呢。"女孩接过玫瑰，轻笑着眨了眨眼，说，"请你吃小鱼干。"

精灵

传说中，每个人类的身边都有一只护身精灵。

从人类出生开始，他们就在人的身边，每日每夜，守护着人的安全。

精灵们总是隐着身，大多数人都看不到他们的样子，偶尔见到的人也会当作错觉。久而久之，知道他们的人越来越少，甚至趋近于无。

女孩在图书馆的一本古籍中看到这个传说，精灵的插画栩栩如生。女孩的脑海中猛地闪过小时候的记忆，竟对其有一丝印象。

"喂，精灵。"她冲身边叫道，却没收到任何应答。女孩有些失望，但想起年幼时的经历，仍是深信不疑。

她向图书管理员借了书，一边读着，一边向外面走去。

女孩看得入迷，下楼时突然一脚踏空。她一声惊叫，书籍脱手，从楼上翻滚下去。

眼看后脑勺儿就要碰到地面，一个蝴蝶大小的精灵出现在空中，咬紧牙关，双翅猛振，用力拉住了女孩。

"喂！傻丫头，不要什么都信啊！"精灵叫道，"我们没有那书上写的那么厉害。"

"救你一次很吃力的！"

他愤怒地吼着，女孩却缓慢地落下。

悟 空

孙悟空被压在五行山下五百年,直到唐僧揭开封印救他出来,才终于能一展拳脚。

取经路上,每隔几天,唐僧就要乱跑出去,每次出去,都惹些祸事。孙悟空不止一次地跑去救他,降妖除魔。

又一次,孙悟空将白骨精击毙于棍下,转身离开。

待悟空走远,白骨精重新聚成人形。

"真是不好意思呀。"唐僧不断地拜谢,"没想到这一路遇到的妖精都这么善良,之后到了佛祖那里,我一定会如实禀报你们的善行。"

"都是些举手之劳,能做些善事自然是好的。我不求回报,长老真的不要费心了!"白骨精急忙摆手,然后又小心翼翼地问道,"只是不知道您耗费这么大力气,是为了什么?"

"听说那猴子以前是齐天大圣,要强得很。可他压在山下那么多年,法力又怎么可能不退步?若是他知道真相,大概会很伤心吧。"唐僧道,"只好拜托你们陪我演这出戏,除了一开始遇到的那几只妖精,其他的居然都愿意帮我。"

孙悟空远远望着这一幕,扛着棍子,翻了一个筋斗远去。

"这傻和尚。"孙悟空笑着摇头,敲响了面前的山门。

"你谁啊?"妖精开门,皱起眉头。

"你孙爷爷!"孙悟空将棒子一甩,顶住妖精的额头,"过会儿有个小和尚要来,你演出戏,让他以为世界充满善意。

"不干就打死你。"

小 鬼

最近一段时间里,每逢夜晚,女孩总能听到客厅的方向有说话的声音。

一开始,她以为是白天工作太累,以至晚上睡觉时产生幻觉,抑或是邻居又起家庭冲突,在深夜吵架,但时间一长,自己也有些胆战心惊。

这天,女孩在小区门口,被一个仙风道骨的老人拦住。

"孩子,中元节将近,妖魔横行,我看你气色不佳,恐怕是惹了不干净的东西。"

女孩联想到最近的经历,深以为是,急忙讨教。老人想了想,掏出一块玉佩,塞入女孩手里。

"这块玉佩给你,只要你把它戴上,无论什么妖魔鬼怪都会现形。"老人说着,又塞给女孩一道符咒,"发现妖魔后,把这道符扔出去,就可以将其降伏。"

女孩拿着东西回到家中。当天夜里,又听到声音时,她戴上玉佩,一脚踹开了门。

"欸?"有人诧异道,女孩看都不敢看,一把将符咒扔了出去。

听到一声惊叫后,女孩才睁开了眼睛,发现电视开着。灯光下,一个男孩形态的幽魂蜷缩在角落,被吓得不行。

"你就是妖魔?"女孩问道,"不像呀。"

"当然不像啊!被我挡在外面的才是妖魔,我只是个普通小鬼而已呀!"

女孩一愣,说:"那你……"

"早知道你这么凶,谁会来啊!"男孩委屈得差点哭出来,"我好心帮你挡着妖魔,就想蹭着看电视而已。"

晴 天 娃 娃

晴天娃娃被挂在房梁上，面对着太阳。天气无常，不一会儿，乌云便压了下来。大雨瓢泼而下，一滴滴豆大的水珠打在晴天娃娃身上，让它发出声响。它努力躲避着，蜷成小小的一团，却仍被淋成了落汤鸡。

每个人都用它来祈求阳光，却从没有人在乎它在雨中的心情。

名为风的精灵奔跑而过，看到晴天娃娃小小的身躯，心里倏地一疼。

它飞扑上去，将雨丝吹散。精灵说："有我在，没有任何东西能伤害你。"晴天娃娃的少女心都泛滥了，它点了点头，看着潇洒飘逸的风远去。

晴天娃娃爱上了精灵，精灵却没有停下。它说它停下就会消散，晴天娃娃也不确定这到底是不是借口。

"风走了很远很远。"燕子说，"有人在其他城市见到了它，它依然飘逸，不断地前行。"

晴天娃娃听说过那个城市，确实在很远的地方。

过了几天，燕子又告诉晴天娃娃，风走得更远了。这次已经走出了数千公里，大概不会再回来了。

阳光被遮住，雨下了起来。晴天娃娃的心情与阴郁的天气如出一辙。它看着布满乌云的天空，莫名其妙想哭。

Hey, Little Guy

晴天娃娃身下挂着的风铃突然发出叮咚的声响。它一愣，转过了头。本该在数千里外的风，却真实地出现在它眼前，热烈地吹散了雨滴。

"你不是……"

"我走了很远很远，从不问归期。"精灵环绕着它，微微笑道，"但即便走了几千里，你也在我心里。"

山　怪

传说中，山怪身形灵巧，力大无穷，最喜欢的食物便是人类婴孩。他们可以轻易翻越障碍，突破围墙，偷走小孩子。

但山怪也惧怕人类，他们的身体尤其脆弱，禁不住人类兵器的进攻。

又是一次狩猎，族中最强壮的山怪被挑选出来，做盗取的工作。其余山怪则作为被发现后吸引追兵的目标。

孩子被抢了出来，其他山怪呼哨一声，急忙引着人类跑远。

一会儿后，山怪们气喘吁吁地聚到村口，最大的山怪手中空无一物。其他山怪泄气地摇摇头。这是常有的事，多半是人类没有全追出来，孩子已经被夺了回去。

"要不再试一次？"有山怪提议道。

"一群废物！"最大的那只山怪突然暴怒，"都给我滚！"

"哼，不合作就不合作嘛，这么凶干什么。"其他山怪被吓了一跳，自觉没趣，纷纷离开。

将所有同类都赶走之后，山怪慢吞吞地走到大门旁边，停了下来。

咚咚咚，他敲了敲宅院的门，身形一闪，跃入黑暗之中。

大门打开，灯光下，放了个小小的襁褓。一个不满周岁的孩子正探着小脑袋，好奇地向外张望。

大侠与魔王

大侠与魔王争斗了很多年。

魔王烧杀抢掠,无恶不作,每次路过人类居住的地方都会引发一场灾难。而大侠从小的梦想便是打倒魔王。成年之后的他终于武功大成,自那天起,魔王去哪里,大侠便会追到哪里。

二人每次争斗都是平手,这种情况持续了三十余年。魔王一次又一次受其牵制,三十多年没能作恶,气得牙根痒痒却仍无法摆脱。

直到大侠所在的国家与敌国开战,大侠参军,上了战场。一次战役中,他被重兵包围,乱刀伏杀。

葬礼上,所有人肃穆而立。大侠的家人捧着花环,缓缓放在墓碑前。

轰的一声巨响,魔王落在空地中央。他冷哼一声,环视了一圈。

所有人都被魔王的气势压倒,下意识地后退一步。魔王不屑地一笑,向墓碑走去。

大侠的家人这才反应过来,急忙上前阻拦。

"即便他死了,你也要来闹这么一场吗?!"

魔王不耐烦地甩了甩头,一把将人扇到一边。

"一群废物,都给我滚。连他讨厌什么都不知道,还好意思做他

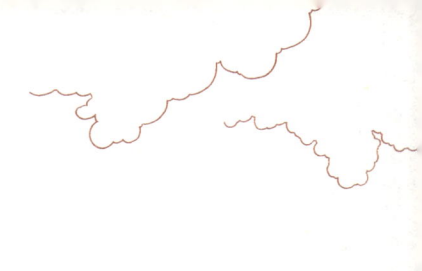

的家人。"魔王啐道,"他就是死了,也不需要花这种东西摆在墓碑前面。"

魔王拧开一瓶酒,洒在坟前,然后松开了手中拎的包裹,敌军元帅的头颅滚了出来。

"你也是废物,不是和我打了那么多场吗,连这种人都处理不了。"

孔 明 灯

"希望妹妹的病能够好转。"

男孩在心中默默念道,然后放飞手中的孔明灯。

他的妹妹因为重病,已经卧床许久。男孩去了许多家医院,请教了无数医生,每个人给他的答复都只有一个:难以治愈。

他无奈,怨自己无能,却也无济于事,只能每日守在家中,陪着妹妹。

偶然间,他听到家乡的老人说孔明灯很灵。

据说只要那灯能升到云顶,愿望就一定能达成。

孔明灯在云端摇摇欲坠,开始向下落去。男孩透过望远镜看到这一场景,心沉了下来。

一道金光闪过,孔明灯再次上浮,终于穿入云顶。

"喂,老头。"伏羲看着面前的人把孔明灯收入手中,开口问道,"为什么要这么做?"

"这东西,本来就不可能升上来啊。"神农笑眯眯道,"可是世间的善,总要有希望得到回报。帮他一次,也不过分。"

兔 子

人参修炼千年,终于成了精。

它活动活动手脚,欣喜地感知了一下周围的环境,得出了应该搬家的结论。它摸索着,寻找适合自己的土壤。

它穿过山林,最终在山脚下的兔子窟旁找到了一片种着萝卜的菜地。

"啧啧,这么好的土壤,种萝卜真是暴殄天物。"人参说着,扎根进去。

入夜,刚刚睡着的人参被挖土的声音吵醒。它睁开眼看,发现了一只正挖胡萝卜的白兔子。

兔子听到了声响,抬眼朝着人参的方向看去。人参一惊,急忙重新合眼装睡。

几秒钟后,人参被挖了出来。

"我不是胡萝卜。"人参忍受着兔子在它身上摸来摸去,无奈道。

兔子却仿佛什么都没听见,仍旧我行我素。人参忍受不了,趁着兔子不注意,急忙逃走。

然而自那天起,兔子每次挖萝卜,都会很巧合地将人参挖出。任人参一遍又一遍地解释也毫无作用。

一天夜里,兔子又一次将人参从无数萝卜中挖了出来。

////////////

　　"哎呀！死兔子，气死我了！"那成精的人参从兔子手中跳了出来，脸气得涨红，"你怎么就不懂呢，那橘红色的才是胡萝卜，我是人参。你一天天闲着没事做挖我出来做什么？！"

　　兔子挠着耳朵，眯着眼睛笑道："谁说我在挖萝卜了？"

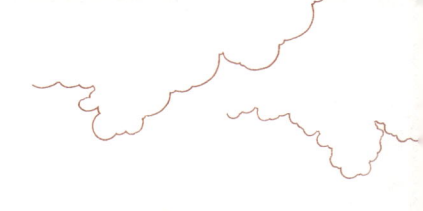

异 瞳 猫

"小家伙,你是不是等好久了?"女孩蹲下身子,用手撑着下巴,"饿了吧?"

异瞳眼的小猫站在女孩身前,喵呜一声。

女孩将鸡肉喂给小猫,盯着其吃完后,展颜一笑:"快回家吧,附近的山上可有妖精,每天晚上都会出来作恶。你的眼睛这么漂亮,搞不好要被抓去。"

女孩每日到村口喂猫,已经持续一个月了。一个月前,小猫出现在村口,与女孩偶遇,从此便结下了缘分。

喂完猫后,太阳已经落山,女孩匆匆朝着家的方向赶去。阴风骤起,这天妖精下山格外早,盯上了女孩。

女孩在逃跑中摔倒,千钧一发之际,那妖精也不知被什么挡了一下,没有追来。

女孩倒是没有什么大碍,只是脚腕扭伤,在家休息了三天。好在这三天始终淅淅沥沥地下着雨,倒也没什么影响。三天后,雨过天晴,女孩走出屋子,伸了伸懒腰,一瘸一拐地走向村口。

"好几天没见,也不知道你怎么样了。"女孩心想。然而到了村口,她没见到小猫,却意外地发现有舞狮的队伍。鞭炮被点燃,噼里啪啦地响。

///////////

"咦，张奶奶，这离过年还早着呢，怎么就开始放鞭炮了？"女孩看了看身前站立的老人，好奇地问道。

"你这几天在家养伤，估计还不知道这个消息。"老人笑道，"县里发生了件大喜事呀！"

"就在你被那个妖精袭击的当天晚上，县令家里来了个侠客借兵器。也不知那侠客是怎么说服县令的，那侠客取了县令家里祖传的长剑，上了山。第二天县令派人去寻时，妖精的洞府竟然被捣毁了！"

"唯一可惜的，就是那侠客不见了踪迹，大概是和妖精同归于尽了吧。唉，据说那侠客长相英俊，两只眼睛是不同的颜色……"

女孩脑海中"轰"的一声响。她浑浑噩噩地回了家，哭了很久，直到黄昏时分，女孩的家门被敲响时，她才擦擦眼泪，前去开门。

门口是那只多日未见的小猫。它一瘸一拐，身上脏兮兮一片。

"喵呜——"

故事家

冰雪覆盖了大地,老人慢悠悠地坐下,靠在雪人的身边。

雪人很精致,它围着围巾,眼睛闪闪发光,胡萝卜做成的小鼻子,冻得发红。

"我是个写故事的人,曾经有很多人看我的作品。"老人拍了拍雪人的后背,怀念道,"但现在我老啦,已经独行了很久。我给您讲几个故事吧,也好过沉默。"

漆黑的夜里,老人操着沙哑的嗓音滔滔不绝,直到东方泛起了鱼肚白。

"我的生命只有一夜,"雪人终于开口,"为了我这样短暂的存在,您浪费了宝贵的生命。"

"您不也为了我这老朽的存在,浪费了仅有的生命吗?"老人晃了晃手中的酒壶,"世界已经够冷了,总得有点东西用来暖心,一壶温过的酒,或者几个故事。"

他把剩下的酒全都当空浇下,雪人融化,胡萝卜落了下来,被他接住。他挖了个坑,把胡萝卜栽入其中,悠悠走远。

第二年春天,一抹绿色从土壤中钻出。它带着雪的记忆,展开了蜷曲的叶。

Hey, Little Guy

小 蘑 菇

小蘑菇生长在森林中，它的四周全是高大的树木。它们枝叶繁茂，遮住了太阳，小蘑菇就待在它们身下，默默无闻。

小蘑菇心血来潮，叫嚷着向大树打招呼。但与小小的它相比，大树实在太过高耸。它的叫声还没等传到大树的耳中，便随风散尽。

小蘑菇大受打击，决心寻找新的住处，摆脱孤独的境遇。

它来到草原，被草丛淹没，无人在意。它又来到沙漠，酷暑当头，一望无尽的黄沙中，也没有它的容身之处。它走过雪山，渡过沼泽，行过丘陵。最终它失魂落魄地站在海边的岩石上，望着海里自己的倒影。

"我是不是注定没有朋友……"小蘑菇啜泣着自语道。

水面上泛起了小小的波纹，小蘑菇的影子突然亮了起来。周围的小鱼全都向着微光，游向它的影子，然后纷纷发现小蘑菇，向它打起招呼。一只小水母钻出水面，轻轻地顶了小蘑菇一下。

小蘑菇交了很多朋友，在这片海域中，它获得了从未有过的友谊。

很久以后，小水母聊起当时初见的情景，对它说："你看，其实这个世界上，有那么多人都在意你。"

小蘑菇望着它，声音几不可闻："但只有你会发光。"

气 球

"买个气球吧!"

寒风吹过深夜的广场,带起路边的叶子。须鬓皓白、戴着尖顶帽的老人手里牵着一串气球,不断向路边的行人推销着。

路人有的摆手,有的干脆视而不见,只有很少的几对情侣愿意停下脚步,其中又仅有一半人买下了气球。

外卖小哥从店里出来时,老人在广场,一个多小时后他送外卖回来,老人仍未离开。

他望着老人蹒跚的脚步,推车过去,从衣服兜里掏出几张钞票。

"大爷,您数数剩几个气球,我全买下来了。"外卖小哥说道,"这都过了十二点半了,您收摊回家吧。"

老人抬头看了看外卖小哥的装束,摇了摇头:"买一个就够了。"

"我喜欢气球。"外卖小哥坚持道。

"买一个就够了,孩子。这么晚了还在工作,生活也不容易吧。"老人摇着头笑道,"我知道你在想什么,我卖气球不是为了生计,只是年纪大了,一个人很无聊,想出来走走而已。"

"大爷,您想多了,我是真的喜欢气球。"

老人从那一串气球中摘下一个,把绳子塞到外卖小哥的手中,笑眯眯道:"你喜欢,就送你一个呀。"

///////////

外卖小哥一愣，一时间不知怎么回应。老人笑着走远，留他自己傻傻地站在原地。

饭店门口，醉眼蒙眬、一身酒气的男人大笑着和朋友道别。他摆着手让朋友放心，打开车门，摇摇晃晃地坐上驾驶位，扭动了钥匙。

随着点火声响起，男人强打精神，踩下了油门。

外卖小哥牵着气球，缓慢地骑着车，有刺耳的汽车笛声在他身后响起。他回头，刺眼的灯光晃花了他的眼睛。

外卖小哥手中的气球清响一声，化为两个，接着，又变成四个。一瞬间，满满一串气球拉着外卖小哥浮了起来。汽车掠过他的脚尖，将他的车撞了个粉碎。

"一个就够了，孩子。"老人摘下头顶的巫师帽抖了抖，笑眯眯地自言自语道。

化 龙

　　鲤鱼的族群中有着这样一个传说，每逢暮春之际，只要沿着黄河逆流而上，跃过龙门，就有机会成为真龙。

　　小鲤鱼是族群中的一员，又到了一年春季，他跟在鱼群后面，看着一位又一位族人跃过龙门，自己却久久不敢上前。

　　"你为什么不试试？"一条黑色的鲤鱼游到他身边，问道。

　　"我的资质不行。"小鲤鱼自卑道，"肯定没办法做到的。"

　　在黑鲤鱼的一番怂恿下，小鲤鱼还是选择了跃上前去。尽管结局不遂人愿，二人却成了朋友，终日一起修行。十年后，黑鲤鱼第一次越过了龙门。

　　"怎么样？"小鲤鱼急忙凑上前去问道，"你……有没有感觉到身体有什么变化？"

　　黑鲤鱼深深地望了他一眼，摇了摇头。

　　小鲤鱼立刻变得垂头丧气。

　　"你的资质比我高那么多，却仍然没有机会化为龙。"他沮丧道，"是我的话，肯定更没有机会了。"

　　"谁说我的资质比你强了？"黑鲤鱼呛声道。

　　"你比我努力那么多……"

　　"那不是更说明我资质差吗？"黑鲤鱼道，"我那么努力，得到的结果却和你每天浑浑噩噩差不多。"

小鲤鱼想了想,却还是犹豫不决。

"我已经没什么机会了,一鼓作气,再而衰,三而竭。"黑鲤鱼庄重地说道,"你是我唯一的朋友,如果你有机会成龙,告诉我那是什么感觉……那我便死而无憾了。"

小鲤鱼怔怔地看着他,终于点了点头。

五十年的时间转瞬过去,这些年来,小鲤鱼没日没夜地修炼,却从不前往龙门,直到他有了把握。

小鲤鱼望了一眼身后的黑鲤鱼,深吸口气,向龙门冲去。到达边缘处时,他猛地跃起,径直穿了过去!

金光四溢间,他的身躯迅速变长,鳞片变得坚硬,腹下探出了有力的龙爪。转眼间,金色的龙形透过云层,直冲九霄。

"我成功了!"已经化为金龙的小鲤鱼长啸一声,"我真的成龙了!"

"其实你未必没机会化龙,越过这个坎我才知道,这真的没那么难。"小鲤鱼兴奋地回头,然后愣住。

黑鲤鱼不知何时已盘成一条黑龙。

"你看,我早就说过你可以的。"

空　调

夜深人静，夏日的夜热到极点。男人躺在床上，开着空调。他的胸口不断起伏，打着呼噜。

随着几声机械转动的声音，挂在墙上的空调变成了一个机器人。它看了男人一眼，打开窗子，向着天空飞去。

火焰喷射的余光下，男人睁开了双眼，起床，穿上一身空军军装。

一小时后，数万米高的大气层外，机器人驾着机炮，打掉又一艘外星人的小艇。小艇坠落前，鱼死网破地向在后侧掩护的人类战机射出一道激光。机器人大吃一惊，急忙疯狂地扭动身躯，挡下这一次攻击，自己却失去控制落了下去。

驾驶员怒吼一声，操纵战机掉头，终于在机器人穿过大气层前，将其救了回来。

战争持续了数十年，类似的事情每日每夜都在普通人所不知道的情况下发生。

当天的战役结束时已经是凌晨。机器人小心翼翼地打开窗子，发现熟睡中的男人仍是那个姿势，松了口气，回到原来的位置。

太阳初升，男人打着哈欠按下空调遥控器，发现无法制冷后，又一次无奈地报修。

"修好了。"维修人员最后调试了一下，说道，"不过兄弟，我建议你还是换个新的吧。光我在这个岗位上这段时间，你就修了七八

//////////

次了。有这工夫，还不如再买一个。"

"用习惯啦。"男人打着哈欠，"真换一个，还不一定有我这个好用。"

他送走维修人员，躺在床上，打开了空调。

"我这条命，是空调给的。"

男人在微博上打下这几个字，发送。之后是数十人的转发，打出"哈哈哈"的字样。

男人看了看有些破旧的空调，嘴角不禁牵出弧度，补充道："是真的。"

神　龙

女孩被打下深渊，化为蛟形。几乎丧命时，被另一只藏在深渊中的潜蛟救了下来。

潜蛟化为少年，好奇地问道："那些道士为什么要打你？"

"因为我想偷他们的丹药。"女孩的脸微微一红，"我想修炼成神龙……"

"不需要丹药也可以修炼成龙呀，一定是你修炼的地方不对。"男孩摇身一变，化为蛟形，修为却明显比女孩要高一些。接着，他有些期待地道："要不然你在这里和我一起修炼吧！我一个人，很寂寞的。"

女孩愣了一下，看着少年清澈的眸子，不禁点了点头。

时间一年又一年过去，他们相依为命。

那天清晨，女孩睁开眼睛时，赫然发现少年化为原形，在空中盘旋，大放金光。转瞬之间，又化为神龙，冲天而起。

"你回来！不是说好一同修炼，一同成龙的吗？"女孩反应过来，冲着天空喊道。她咬牙切齿，越说越气。

"王八蛋！"她骂道，"你就是个骗子！"

但深渊距离天空实在太远，远到任何声音还未等传出去就会消散无踪。几天的时间转瞬即逝，少年似乎再也不会出现。

//////////

"我不骂你了，你回来好不好？"女孩蜷缩在深渊深处，带着哭腔道，"这里很黑。"

金光自天空射下，照亮了深渊，一条神龙自云层穿越而出，径直落下。

即将落地时，神龙化为少年，站在女孩的面前。他拎着一个土里土气的麻袋，脸上蹭着焦黑的颜色，走时干净的衣服也变得脏兮兮的。

"你……没走？"

少年摇头，抓了抓头发，有些脸红。他把手中的麻袋倒过来，无数丹药被倒出，堆成小山。

他不好意思地笑笑："我把附近的道观都给抢了。"

善 事

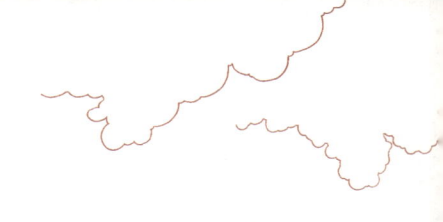

又是每隔三年的历练，师父站在院子中，持着拂尘，道："还是老规矩，谁先做满一百件善事，谁就可以回山。"

他的面前是青白两色衣衫的二人，其中大一些着白衣的，便是师兄。

"前两次，你师兄可都比你早回。"师父伸出手指，敲了一下小师弟的额头，"这次，可不要偷懒了。"

"那是因为他年纪比我大。"小师弟扁了扁嘴，嘟囔道。

师父无奈地摇摇头，打开山门，放了师兄弟二人出去。门口，小师弟哼了一声，朝师兄所行的相反方向走去。

令小师弟万万没想到的是，这次历练，他竟然一路极顺，如有神助。短短一周内，他便已完成师父要求的任务。

小师弟帮着老人找到了回家的路，在路口处与其挥手道别。这是最后一件善事，他兴高采烈地上山，老人则步履蹒跚地下山。

五分钟后，小师弟敲响了山门。师父开门，看到是他，有些诧异。

"师兄回来了吗？"小师弟小心翼翼地朝门后探了探头。

师父笑着摇摇头，道："没有。"

"我就说我最棒！"小师弟一下子挺起了胸膛，一脸骄傲地笑，"他当初就是仗着比我大才能先我回来，可是我长大了！"

/////////

"好好好,你长大了,你最棒。"

山下,老人呵呵笑。他端着酒盅,啜饮一杯酒,优哉地靠在藤椅之上,晒着太阳。他的视线投射在被云雾遮挡的山顶上,仿佛能透过其看到什么一样。

阳光下,他身形变换,化为白衣青年。

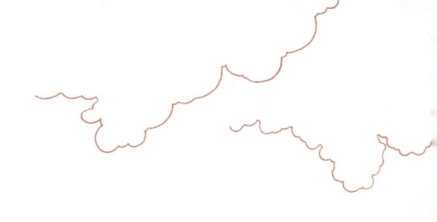

万 圣 节

女孩的父母总是很忙，缺失朋友的她，一日复一日地闲在家里。

万圣节当天，当其他孩子都出去讨糖时，无聊至极的她却在阁楼翻阅旧书。她意外地发现了爷爷的笔记上有关于屋中所生存的一只守护幽魂的记载，眼前一亮，欣喜地跑下楼，呼唤着幽魂的名字。

走到门口时，她突然听到了细微的摩擦声。

"嘿，你原来藏在这里了！"女孩嬉笑着拉开门，却发现门口站着个戴着口罩的人。那人贼眉鼠眼，明显不怀好意。

"万圣节快乐呀，小姑娘。"门口的人愣了一下，随即笑着扬起手里撬锁的工具，"真是得来全不费功夫……"

话未说完，壁橱的门倏地打开。一缕乳白色的幽魂从中飘出，冲着歹徒狠狠一瞪。歹徒被吓得屁滚尿流，急忙逃跑。

幽魂冷哼一声，重新飘回了壁橱。

"原来你一直住在这里呀。"女孩敲了敲壁橱的门，"陪我玩好不好？"

"不好。"幽魂道，"人鬼殊途，这不合规矩。"

"就陪一会儿嘛。"女孩央求道，没完没了地唠叨。

幽魂被吵烦了，龇出獠牙，猛地拉开门一吼。女孩被吓得摔倒，不再作声。

几小时后,夜幕降临。伴随着砰砰砰的声音,壁橱又一次被敲响。幽魂刚要起身开门,想了想,还是停下了动作,没有回应。

"不给糖就捣蛋!"敲门的声音更响了。

幽魂无奈地叹了口气,一把将壁橱拉开,龇出獠牙说:"信不信我吃了你!"

"嗯……那个……"女孩怯怯的声音从南瓜头里传了出来,"现在咱们两个一样了。"

我 愿 意

"哥哥,你画得真好,比我在城里集市见到的都好看。"

一直跟在男孩屁股后面的小女孩撑着下巴,目不转睛地看男孩挥动画笔在纸上画下风景,不禁赞叹道:"你给我也画一幅画,好不好?"

"我还差得远呢。"男孩不好意思地挠了挠头,脸上现出了憧憬的神色,"我想做一名画师,如果有一天成功了,我就给你画,一定要画得很漂亮。"

十年间,男孩不断地练习画技,拜了有名的画师学习。他离家很久,再回来时,果真成了知名的画师。

自那天起,几乎每日都有达官贵人亲自提着礼物登上少年的门,索求一画。出落成大姑娘的女孩看在眼里,心中记着男孩的承诺,却又因害羞和自卑,不敢上前。

少年回乡的第三年,生了一场大病,接连不断的高烧烧坏了他的眼睛。他的左眼彻底失明,右眼看到的东西,也变得极其模糊。

对一个画师来说,眼睛是身体上最重要的器官。随着失明而来的,是少年画技的丧失。

从少年生病的那天起,便再没有人来找他求画。与此同时,女孩终于鼓起勇气,进了少年那早已无人问津的家。她怕戳到少年的痛处,也没提作画的事情,只是每天不辞辛苦地照料着少年的生活,日出便来,日落又走。

／／／／／／／／／

有一天,女孩临走时被少年拽住了袖子。少年吩咐其站好,跌跌撞撞地取来画卷,小心地展开。

纸上绘着一袭红装的女孩,女孩身边,则是掀起盖头的少年。只不过少年的脸庞一半精美,一半却有些失真。

"这是承诺给你画的画,本想画好就送给你,向你求亲,没想到眼睛却先坏了……"少年低声道,"我看东西看不太清,剩下的一小部分拖了很久,直到昨天才画好。画得这么难看,我本来不想给你……"

女孩看着少年略显慌乱的表情,忍不住扑哧一笑。

"我愿意。"

手 影

男人掌握着一项绝技,他能将自己的影子分割出去,变为各种动物。

他四处游历,途中遇到了微服游玩的公主,并与其相爱。然而国王得知后却认定他是骗子,将公主召回宫后,便再不允许其出宫。

为了证明自己,男人向着王城进发,意欲求见国王。

走了大概一天后,男人在一家商店门口发现了一个坐在地上哭泣的男孩。

"小朋友,怎么了?"男人伸出手揉了揉面前男孩的头发,温柔地问道。

"妈妈给了我一块钱,允许我买巧克力。"小男孩上气不接下气地抽噎道,"可是我在过马路的时候把它弄丢了。"

"不要哭啦,哥哥给你看点好玩的。"男人双手合十,在阳光下比出兔子的形象。兔子栩栩如生,扭动着屁股,跳出一段滑稽的舞步,将男孩逗得破涕为笑。

男人笑着走远,背后,兔子在男孩的手中吐出一枚硬币。

走了大概三天,路过一棵树时,男人看到有姑娘在树下啜泣。他前去询问,原来是姑娘弄丢了少年送给她的戒指。

这一次,男人的影子化为一只鸽子,将戒指叼了回来。

////////////

　　走到王宫时,类似的事情发生了许多起,男人送光了自己的影子。他因为无法向国王证明自己的能力而被守卫赶了出来。

　　大雨滂沱,男人突然有些想哭。他无助地蹲下身子,任由雨滴打在背上。突然间,他的头顶多了把伞。男人抬头,是他自己的影子。

　　"抱歉,因为离得比较远,现在才赶到。"影子说着,掏出一个袋子。

　　"这个是那个男孩送给你的巧克力,他说吃了巧克力就会感受到幸福。这个是那个姑娘送给你的戒指,她说少年又偷偷给她买了一枚,你可以用它向公主求婚。还有这个……"

　　大雨中,影子掏出一样又一样东西,闪闪发光。

猫　妖

医院里来了一只猫妖，通晓人言，精通妖术。值班的医生几次三番想赶它走，却完全奈何不了它。

"我可是这附近出名的大妖，别说逃跑了，就算是活死人医白骨，我也做得到。就凭你们几个，还想赶我？"每次耍得医生团团转后，小猫总是一脸的骄傲。

偶尔，它也会隐去身形趴在值班的医生身边，帮助他们诊断。久而久之，医生与它熟悉后，便也放纵它胡来了。

又是一天下班前，几位医生逗弄小猫时，门突然被推开。一个双鬓微白的医生冷着脸走了进来。几位医生都被吓了一跳，急忙把小猫藏在身后。

"啊，主任好主任好……"坐在门边的大夫挠挠头，讪笑道，"您还没走哪？"

"走？幸亏我没早走。在医院养猫，这种事情要是让患者知道，什么后果你们不清楚吗？"主任冷哼一声，"明天我再来的时候，希望什么都看不到。"

说罢，主任关门而去，只留几个人面面相觑，苦涩地笑笑。

然而第二天，主任却拎来一个大旅行箱。他一进屋便一把抓起小猫，将其塞到里面。小猫几次想钻出来，却都被他按了下去。

/////////

　　"你给我在里面好好待着,院长一会儿要来会诊。他可没我这么好说话,被他发现,是必然要赶你走的。"

　　小猫喵呜一声,安静了下来。

　　会诊持续了几小时,紧接着,主任不得休息,又上了手术台。十余小时的高强度工作后,主任突然捂着心口摔倒。抢救持续了数分钟后,宣布失败。

　　"你给我在里面好好待着!"

　　一道黑影闯进抢救室,跳跃起身,径直落在了主任的胸口。突然间,心电监护仪发出了"嘀"的响声。

　　主任深抽口气,咳嗽着醒来。

　　"不好意思,刚刚睡着了,做了个噩梦……"主任还没意识到自己从鬼门关走了一遭,他拍拍胸口,心有余悸道,"我梦见自己被装在一个行李箱里,想要出来,却不断地被按回去……

　　"真的是太可怕了……"

木 星

太阳系初生时,木星便是所有行星中体积最大的那颗。数亿年间,地球始终生活在它的阴影之下。

年复一年,无数岁月过去了,众多兄弟中,地球唯独厌恶木星。木星心中知道地球的怨气,却也无可奈何。

直到彗星群首次出现。

它们在太空中穿行,受到太阳的引力作用,冲进太阳系,直冲着地球飞行。

那是如蜂群一般的袭击。一旦撞上地球,后果只有毁灭。地球眼睁睁看着那些不断逼近的陨石,却无计可施。

"嘿,别怕,一切都会过去的。"木星如往常般"虚伪"地对地球说道,声音低沉得很。

在地球近乎绝望时,彗星群变换了个弧线,在地球诧异的目光下飞向了木星。

"我最大嘛,引力自然也要比你大得多,遇到这种情况,自然是我这个大哥挡在前面……"木星的声音甚至还带着点笑意。

紧接着,它的身躯被巨大的爆炸淹没。

真空中,一切都归于寂静,爆炸所产生的亮度在瞬间超过了整个木星。灰色的云朵扬起,高度甚至达到了地球的直径那么多。

撞击没有停下，第二次、第三次……十余次撞击接踵而来，在木星身上留下了永久的黑色疤痕。

"真是壮观……"数十亿年后的地球上，老人放下天文望远镜，吐了口气，"这种规模的撞击是太阳系出现以来的第几十次了吧，真是多亏了木星……只是这样下去，早晚地球也会归入木星的怀抱吧……"

浩瀚太空中，地球遥望着木星庞大的身影，轻声道："那最好了。"

背 后 灵

"最近这腰,是越来越痛了。"男人摘下头上戴的警帽,叹息道。

他的同事看了看男人苍白的脸色,心中想起一个传说。"你不会是沾了什么不干净的东西吧?"他道,"虽然干咱们这行不应该相信什么封建迷信,但你还是去找个道观什么的看看比较好……"

男人本来没往这方面想,听了同事的话,心中也打起了鼓,一下班,他便去了片区里最大的那座道观,结果不出所料。

"你的后背爬了个背后灵,这东西每七天换一个宿主,以我的修为,很难将它收服。"道士微微皱眉,"我可以送你一小块犀角,这东西能使其现出原形,具体的结果,就要看你的造化了。"

男人回到了家,将犀角点燃,烟雾下,背后灵显出了身影。

"你为什么要趴在我背后呢?"男人问道,"难道鬼也会有残疾?"

背后灵闭着眼睛,没有回答。沉默了一会儿,男人发觉自己问错了话,又急忙解释道:"我不是故意戳你的痛处的。我知道你不是要吃我,你要是走路不方便,继续趴在我背后也行。不用担心,在人间,我会罩着你的。"

那背后灵诧异地睁开了眼睛,却依旧没有吱声。男人也是没心没肺,竟然就不再担心,反倒每天和背后灵唠唠叨叨,倾诉着自己做警察这些年经历的各种恶,也不在乎没收到回应。

七天的时间转瞬即逝，男人下班时，意外地听见呼救的声音，是抢劫。他追了上去，按倒劫匪的一瞬间，他的小腹多了把三棱刺，直至柄末，从身后穿出。

　　"啐，多管闲事！"劫匪爬了起来，冲男人的身上吐了口痰。血汩汩流出，染红了透明的身影。

　　"其实我就是想吃你来着，今晚就要下手。"背后灵声音低沉，隐含着暴怒，"但是现在吃不成了，而我很饿。"

　　狂风骤起，劫匪的灵魂被绞成了粉末，吸入背后灵的口中。

　　"你才没想吃我……"男人艰难地笑道，"嗯……不知道阴间什么样，会不会很可怕……"

　　"没有人间这么险恶……"背后灵轻声道，重新附上了男人的后背。

　　"不用担心，我会罩着你的。"

饕　餮

"将军，此地妖气四溢，这东西始终跟着咱们，恐怕心怀不善。"军师望着不断腾跃的黑影，忧虑道，"还望将军下令，许我派人将其赶走。"

"赶什么赶，这不就是一只小猫嘛，你看，多可爱。"将军毫不在意地笑道，"只不过是跟着咱们讨点吃的。你不要草木皆兵。"

"可是……"军师皱着眉头，出声辩解。然而他话还未出口，就被将军摆手打断。

"你啊，在行军打仗的事情上，确实有极高资质，但是这性格，却是真的需要改改。"男人语重心长，"即便它是妖，又怎样呢？"

军师还想争论一番，却被副官拍了拍肩膀，摇头制止。军师自知拗不过，眼看着将军摘下头盔后跑过去抱起小猫亲自喂食，虽有闷气，却也无可奈何。

行军两月，未见敌军，终于安全抵达了最近的城市。然而刚有一半军队迁入城里，城外便喊杀震天。

敌军从埋伏的山林里汹涌而出，攻城器械一字排开，瞄准了城墙。仅仅几分钟，城墙便摇摇欲坠。

/////////

　　小猫从将军的怀中跃出，跳上城墙。落地时，显出饕餮原形，身躯早已暴长不知多少倍。它仰起头来，如深渊般的巨口赫然冲着敌军的粮草战具张开。

　　狂沙散去时，饕餮与敌军的粮草早已不知所踪。守城的部队乘机而出，大获全胜。

　　"我就说，那只猫一定有问题！"军师哼道，随即又叹了口气。

　　"可即便它是妖，又怎样呢？"

蜘　蛛

天空中阴云密布，暴雨即将到来。男孩的妈妈来找他时，已经有雨滴从天空中落下。

男孩从墙角边站起接过妈妈手中的伞，却没有离开。他重新走到墙边，张开伞，蹲下了身子。

墙边的缝隙中，一只小蜘蛛正伸头向外看去。看到探进来的手指时，误以为那是猎物的它，兴奋地弓起了身。

小蜘蛛扑向手指的瞬间，男孩便将其送进了瓶子。它不断挣扎，拼尽全力，却怎么也逃脱不了束缚。直到大雨倾盆，看到自己的巢穴被毁时，小蜘蛛才终于意识到是男孩救了它的性命。

男孩被暴雨浇成落汤鸡，跑进了父亲的车子。他的屁股挨了一巴掌，受了训斥，却一直抓着瓶子傻傻地笑。几小时后，雨过天晴，男孩放走了小蜘蛛，一蹦一跳地跑远。

时光荏苒，男孩的个子蹿了起来，相貌变得英俊。唯一不变的，就是依旧不善言辞。

学校树林的小路间，少年小心翼翼地望着身边的女孩。毕业将至，他心怀爱慕，却不确定女孩的心意，约女孩出来散步也迟迟不敢表白。

路很短，转眼间便要走到尽头。

"啊，蜘蛛！"

女孩突然感觉脸上一阵瘙痒。她伸手一摸，发现是道蜘蛛网，下意识地闭上眼睛，惊叫出声。

与此同时，女孩脚下踉跄，直接扑进了少年的怀中。她双颊泛起红晕，刚想抽身，却被少年拥住。

路灯下，蜘蛛熟练地抽着丝，爬向树丛，灵巧地落回巢穴。它补了补蜘蛛网，钻了进去，懒洋洋地爬着。

"嘿，救你命的机会是等不到啦。"它轻声笑道，"不过用这样的方式报答你，也还算如你的愿吧？

"她扑向你的样子，可比我当年狼狈多了。"

鹦 鹉

少年在花鸟市场买了一只羽毛光鲜的鹦鹉。

大概是玩心太重,又颇为好胜,自买回鹦鹉的那天起,少年就开始没日没夜地教其说话。但事情总是不遂人愿,任男孩如何努力,鹦鹉也丝毫不屑搭理。

少年甚至以断粮相逼,那鹦鹉倒也硬气,几日不吃不喝也全没有屈服的意思。不要说是学人说话,就连叫都不肯叫一声。

几次后,少年终于放弃。然而就在放弃当晚,父母与朋友在家中打过麻将后,鹦鹉突然开了口。

麻将术语不断从鹦鹉口中吐出,吵得少年不得安宁。这种情况从前一天晚上开始,一直持续到了第二天中午。

"闭嘴!!"少年忍无可忍地怒骂道,"之前哑火,现在又没完没了地叫唤,要你有个屁用!"

他怒不可遏地将鹦鹉扔到了客厅,重重地摔上门,才终于感到一丝安宁。一整天,他终于不再需要因为鹦鹉而心力交瘁。

傍晚时,防盗门锁转动的声音响起。少年从卧室出来,却感觉到有一丝不对劲。他趴在猫眼前向外看去,冷汗瞬间就从额头滑下——一个戴着口罩的男人,正拿着工具撬锁。

"哈哈哈哈!自摸,我胡了!"刺耳的声音从少年的身后传来。

撬锁的声音猛地停住,再没响起,少年再去看时,男人早已逃跑,不见了踪迹。

少年愣了会儿,急忙取了一把鸟食,跑到鹦鹉的笼子前道歉。那鹦鹉看了看,偏过头,丝毫不理他。

少年心中愧疚更深,又绕到鹦鹉的面前,祈求原谅。

"闭嘴!!"鹦鹉突然吼道,"之前哑火,现在又没完没了地叫唤,老子要你有个屁用!"

画中人

男孩单手执着画笔,轻轻落下。

他面前原本苍白的纸张上,湛蓝色的天空自边缘漫出,衬着明亮温暖的太阳。嫩绿色的春草勃然向上,散发着雨后好闻的清新气息。

男孩歪了歪脖子,又在无垠的草原上,画下数只绵羊。

放羊的孩子将小鞭子插在后腰,双眼眯成一条缝,唇角带着笑意。他拿着小笛子,吹着自己最喜欢的那首小调。

草原的尽头,是一座雪山,有河流自冰川发源向下,聚成小溪,又渗入地下。

白色的母狼站在溪边饮水,不时回头。它望着脚步蹒跚的毛茸茸的小狼,眼里尽是慈爱。

有鱼儿跃出水面,惊得小狼后仰,与兄弟姐妹摔作一团。

男孩又一次落下画笔,在太阳照不到的地方画下了星空银河。流星拖着长尾从天幕中划过,看到的孩子们欢呼雀跃着,双手合十,许下愿望。

屋中,干了一天农活的男人在油灯下看书,身后是为他按摩肩膀的妻子。

男孩看着自己的画作，笑得灿烂。他放下画笔，眸子闪闪发光，洋溢着幸福。

画家落下最后一笔，在正作画的男孩的脸上点下一个酒窝，满意地点头。

"嘿，小家伙，谁知道你我是不是同为画中人呢。"画家自语，摇头笑道，"把你画得幸福一些，希望画下我的那个人也能同样待我。"

食 梦 貘

食梦貘在空中穿行，嗅着新鲜的梦的气息。

食梦貘是一种奇异的生物，生活在深夜的阴影之中。它的每个族人，包括它自己，都以梦为食。

于它来说，美梦是不可多得的美味，然而食梦貘却格外喜欢看那些孩子睡着时的笑脸。正因如此，食梦貘从不打断那些做着美梦的孩子，只是悄悄绕过，去寻找下一个目标。

噩梦不能算好吃，却也不至于无法下咽。唯一的缺陷就是食梦貘每次食梦，都会同时读取噩梦中那或恐怖或悲伤的记忆。

年轻的筑梦师刚刚搬家到这座城里。他在远处看着食梦貘吃掉孩子的噩梦后泪流满面的样子，不禁笑出了声。

日复一日，食梦貘仍旧吞着噩梦。每晚过去，它都会因那些噩梦传达的负面情绪而心情抑郁，却又在看到那些面带笑容的孩子后重新振作。

这天晚上，食梦貘却意外地没有嗅到噩梦的气息。它在整个街区游荡，一个窗户接着一个窗户去搜寻，也没能找到噩梦。

筑梦师在食梦貘的不远处看着，手指尖不断散发着微光。豆大的汗珠从他的下颌滴落。

"好饿……"食梦貘喃喃道。它徘徊了许久,终于取出一个孩子的美梦,囫囵吞下充饥。那充满着奶香般的甜美的梦,令食梦貘口水大增。紧接着,正回味着孩子梦中记忆的食梦貘愣住了。

　　那一晚,所有的孩子都做了同一个美梦:有一只背负双翼的食梦貘抽走了所有人的噩梦。

移 动 城 堡

年少的王子即位时，国家已经处于风雨飘摇的境况。

老国王在战场上御驾亲征，不幸中箭牺牲。边塞的境况越来越差，军队已经难以抵御外敌的入侵。

短短数日，敌军便势如破竹，闯入了国家的腹地。

小王子的父亲将城堡留给了他。这城堡不知从何时开始存在，里面藏着一只守护灵，世代守护着小王子的家族。或者可以说，整座城堡都只是守护灵的身躯。

"你是不是很强大？"年轻的王子好奇地问，还没意识到国家的危机。

城堡的声音闷闷的，如同雷声被蒙在鼓中："大概吧。"

小王子有些惊喜地说："那你能不能载着我，去杀了那群坏蛋？"

"不能。"城堡沉默了一会儿，道，"你父亲交给我的任务是保证你的安全。"

小王子皱眉道："现在我才是国王！"

城堡不说话了，似乎是在思考什么，过了几分钟后，仍然吐出了"不能"二字。

小王子气鼓鼓地不再说话，回了自己的房间。谁也没想到，当晚敌军便杀到了城下。

/ / / / / / / / /

  仍怀着一腔热血的小王子听到警报的号角声，兴奋地穿上甲胄，拎起宝剑，冲出了城堡。

  面前是一片不知是何处的荒芜之地。

  "你逃什么！"小王子愤恨道，"父亲不是告诉过你，一切都要听我的话吗？国家兴亡之际，你怎么可以带着我逃走？"

  那城堡却悄然无声。小王子愤恨地离开，摸索着回家的路。

  数天以后，小王子终于回到了自己的国家。他在街边拉过一人，急忙询问战况。

  "那天小王子操纵着老国王留下的战争巨兽横扫了全部敌人！"那人兴奋道，"唯一的遗憾，大概就是那巨兽陨灭了。即便如此，咱们也获得了胜利！"

  小王子愣住，顺着原路跑回。那处荒芜之地，哪里有什么城堡！

降 妖

"这是我修行数十年才悟到的降妖之术。"男人把手中的册子交到儿子的手中,郑重其事道,"若你能悟出其中精华,则可依此防身。若术法大成,再下山行走江湖,就可以不惧一切魑魅魍魉。"

男人拍了拍儿子的肩膀,又补充道:"嗯……对了,小心不要让你娘看到。"

"可是我不想降妖除魔。"男孩小心翼翼地看了一眼自己的父亲,怯声道。

男人愣了一下,眉毛立了起来,说:"为什么?"

"因为……那些小妖精都很可爱呀,我不想伤害它们。"男孩噘着嘴道,"那些长得特别凶的妖精,又很怕妈妈……你之前不是还说妈妈是妖界公主什么的……"

"幼稚!"

男人冷哼一声,随即又苦口婆心道:"儿子啊,你就信我一句,这些技能对你来说有百利而无一害呀。你现在还小,等你长大了,自然就懂我的良苦用心了。"

"可是……"

"没什么可是!"男人打断儿子的话,"你只看到那些妖精可爱的一面,却不知道,真正危险的,反而就是这群可爱的妖精。"

"她们表面上柔柔弱弱，笨手笨脚，说话声音糯糯的，动不动就脸红。实际却凶恶得很！"男人痛心疾首道，"唉，儿子，你还年轻，不理解我现在说的话。当初你爹我就是涉世太浅，以致深受其害。所以今日我一定得传授你功法，免得你日后重蹈我的覆辙！"

男孩看着父亲大义凛然的样子，一边接过其手中的小册子，一边问道："那你为什么不修炼呢？"

"这个……"男人有些尴尬地说道，"有点晚了……"

"晚了？"

"你问那么多干什么！"男人耳朵泛红，气急败坏，"我又不会害你！这功法……"

"什么功法呀？"男人身后传来了糯糯的声音。

男人浑身一震，一把将册子夺回，塞入怀中，嬉笑道："儿子说想修炼些健体的功法，以后行走江湖也好防备些妖魔。我就教育他，说妈妈是妖界公主，你还怕什么……"

女人笑得眯起了眼说："是吗？"

"肯定是呀！对了娘子，你之前看上的那款新出的胭脂，多少钱来着？"

龙与骑士

巨龙闯入了王宫。

骑士作为王国的第一高手,前去护驾时,发现王宫内仅剩下了国王一人。

"那条可恶的巨龙抢走了我的女儿。"国王惊魂未定,颤颤巍巍地说道,"我命令你去把她救回来,只要你能成功,我就把女儿嫁给你,封你做驸马。"

骑士入宫两年,从没听说过国王有女儿。尽管满心疑惑,他仍答应了下来,甚至有些惊喜。

他即日启程,穿越数十里后,终于闯入了巨龙盘踞的城堡。

巨龙用爪子撑着下巴,道:"国王那个老头说话倒挺算数。"

"公主呢?"骑士望着空荡荡的大厅中央坐着的巨龙,愣住,放下了刚举起来的剑。

"哼,公主公主公主,你脑子里怎么总想着公主,这个世界上哪来那么多公主会被巨龙抓走。"巨龙哼了一声,"再说了,你没见过公主长什么样,就敢娶她?万一很丑怎么办?"

"但是童话里都写……"

巨龙跃起,散发着威严。它在空中化为身着赤色长裙的少女,扑倒骑士,速度快到骑士连剑都来不及拔出。

/////////

"童话可没写过,你能打得过一条龙。"

骑士被少女压制着,这才意识到自己根本没有打败巨龙的机会。

少女的嘴角扬起一丝笑意。

"童话里也没写过,我不比任何一个国家的公主差,并且爱上了一个骑士。"

将 军

寒冬降临,边塞的树林里尽是积雪,白茫茫横贯一片。

正在巡逻的士兵,却意外发现雪中有处黑点。他走上前去,发现一只瘦弱的松鼠躺在雪中,似乎要被冻死了。

他想了想,在松鼠身边生了火。几分钟后,松鼠醒了过来。它颇有灵性,寻了一枚松果,塞到士兵的手中,似乎是要感谢其救命之恩。

"哎,这个我可不能收。"士兵道,"我可是要当将军的人,要有大家之气。"

松鼠再三坚持,却都被拒绝,最后有些不满意地叫了一声,跳跃着跑开了。

数年过去,士兵果然如愿成为守城将军。上任的第一年,只遇到了一支闲散的军队围城。

将军志得意满,心想如此军队,待补给一到,养精蓄锐,必能将其打得落花流水。

然而数天过去,补给却始终没有消息。直到马弱人衰时,他才得知,补给早就在数十里外被抢劫殆尽。

夕阳落下之前,将军最后看了一眼城外的大军,叹了口气,粮草被劫,士卒乏累,只怕这城,是想留也留不下了。

/////////

　　"明日清晨,我便出城投降。"将军低声道,声音中充满着不甘,"那时我会自刎于城前,以求对方保你们安全。"
　　"将军,万万不可啊!"
　　将军却摇摇头,不再说话,把自己关在屋中。
　　一夜大风,窸窸窣窣的声音从帐外传来,似乎就连老鼠都因无粮而迁徙。天蒙蒙亮时,将军便穿好了盔甲,佩剑而出。
　　由粮草堆成的小山占满了营地,无数松鼠穿梭往来。小山的顶端,坐着一只松鼠,它抬手,将松果扔向将军。
　　"喏,收下吧,就别矫情了。"松鼠道,"谁还不是将军咋的?"

天　使

一个月前，一名年轻的猎魔人搬进了城里。任何黑暗生物都不知道他的真实面目，却无时无刻不感受着他带来的压力。

盘踞在此的吸血鬼，自那天起便逐渐减少——他们必须进食，却无法抵御猎魔人的捕杀。

黑夜降临，月光下，一抹暗影穿过街区，进入一间没关窗子的屋子。屋子正中摆着一张床，一个少年睡得正熟。

身后长着一对白色羽翼的人深呼吸几次，走到了男孩的床边。他正要动作时，少年突然惊醒，坐了起来，揉了揉眼睛。

"你是……天使？"少年一愣，下意识问出声。

"天使"急忙点头承认，连连安抚。

少年重新躺回床上，似乎是安下心来，不多时，呼噜声便重新响起。

看到少年睡着，"天使"长出口气，擦了擦额头的汗。他摘掉了翅膀上做掩饰的羽毛，一对蝠翼张开，显露出血族的模样。

"猎魔人太可怕了，只好装成这个样子……说起来，我可是有史以来第一个用这种方式吸血的血族。"他低声自语，接着先用注射器抽了少年的一管血，又从口袋里摸出一张创可贴，贴在了扎针的地方。

"这样就不会把你变成我这副鬼样子了……"吸血鬼看着创可贴，叹了口气。他抖抖翅膀，从窗户跃出，飞离街区。

　　枕头下，少年的手松开了紧握着的银白色十字架。他翻过身，望向吸血鬼离开的地方。

　　"装得那么敷衍，一眼就认出来了。"少年摇头轻笑，"你可是我有史以来第一个失手的猎物……

　　"居然用这么少女的创可贴。"

月 亮 的 样 子

女孩生来就是盲人。尽管生活艰难，女孩却凭借着听觉、触觉等感受着世界。

又是深秋，女孩摸索着走过山路时，意外地听到了细微的惊恐低吼。她走上前，才知道是猎人捉了一窝小狐狸带回家供儿子玩乐。

女孩不忍，咬牙掏出身上不多的钱，买下了猎人手中的小狐狸们。夜幕降临，女孩摸了摸怀中的小生命，然后撒开了手。小狐狸们叫着，蹿入丛林。

"你救了它们，我可以满足你一个愿望。"女孩的身后有声音响起，"我是这儿的狐仙，刚刚那窝小狐狸是我的族人。"

"我想知道月亮是什么样子的。"女孩有些惊喜，小心翼翼地说道，生怕自己的要求过分，惹急了那狐仙，"我能感受到太阳的温暖，能感受到身边各种事物的形状，却感受不到月亮的样子。"

狐仙点了点头，对着女孩的额头弹出一抹银光。

"月亮是甜的。"女孩皱了皱鼻子。

"月亮是圆的。"女孩的脑海中浮现出她想象中的月亮，"是亮的，还是暖的。"

"月亮上有棵树。"女孩满面憧憬,"有桂花的香气……月亮是蜜饯馅的。"

"月亮是冷的,尽是灰尘与沙砾,谈不上什么味道。它也不圆,到处都是坑坑洼洼的陨石坑,凹凸不平。"狐仙笑笑,"上面更没有桂树,你说的那些,都是你幻想的月亮。"

"甜的是你,暖的是你,蜜饯馅的也是你。"狐仙的指尖溢出一抹银光,飞入女孩的双眸。他眯着眼睛笑道,"不过有一点你说对了,月亮有光。你看——"

女孩下意识地抬头,看到了天空中的那轮皓月。

"我能看到了……"她愣住,好久才缓过神来,惊喜地看向周边,却没有了狐仙的踪迹。

"一个小赠品。"有狡黠的声音随风传来。

刺　青

　　"小姑娘家家的，你才多大？"刺青师跷着二郎腿坐在椅子上，翻了个白眼。

　　"怎么，还怕我未成年？"女孩有些不满道，"你多虑了。"

　　刺青师正过身子，盯着女孩稚嫩的脸，笑出了声："倒不是怕你未成年，只是文身这东西，文的时候容易，想去掉可就难了。你那小男朋友才多大，以后的事情谁也说不好。"

　　"你管我呢，话那么多，我又不是不付钱。"女孩皱起了眉头，"你到底文不文？不文我就去别家了。"

　　"我就是提个建议嘛，你急什么。"刺青师从桌子上拿过一本画册，指着上面的图案道，"与其文别人的名字，还不如文个小狐狸，你看，多可爱。"

　　"我就要文名字。"

　　刺青师拗不过她，只好无奈地摇摇头，在女孩的脚踝处文下了名字。

　　正如刺青师所料，男朋友对女孩当初许下的山盟海誓，不到一年时间就不知被抛到了何处。女孩分了手，以泪洗面了几天之后，蹒跚着去了酒吧。

　　几杯酒下肚，女孩的眼前开始模糊。

///////////

　　酩酊大醉的女孩从酒吧出来，被门口的小混混架住，前往附近的酒店。她感到一丝危险，却因醉酒而无力挣扎。

　　一道金光从女孩的脚踝绽放而出，文身消失的同时，金色的狐狸跃起，将女孩身边的混混震飞出去。

　　数公里外的刺青店，刺青师喝了口酒，看着空中飞回来的金光，打开了画册。金光一闪，钻入其中画着小狐狸的那页。

　　"都说了，小狐狸比较可爱，你还不信。"刺青师笑着摇头，"害它在那几个字里憋了这么久。"

父 亲

"爸爸走了，去了很远很远的地方。"

男孩的母亲紧紧抱着他，声音哽咽，眼泪染湿了大片衣服。

亲戚来来往往，也不时有父亲的朋友来安慰母亲，摸着男孩的头，告诉他要坚强。男孩懵懵懂懂地望着灵台上的黑白照片，隐隐意识到了什么，内心却不敢确认。

但事实无法改变，男孩的父亲出车祸去世了。

丧事办完后，男孩重新回到学校。父亲去世的消息似乎在学校里传遍了，同学看他的眼神也有了些许不同。男孩不喜欢那种充斥着同情的眼神，放学后，他一反常态没去踢球，而是直接向着家的方向跑去。

刚出校门，几个曾经围堵过男孩的高年级的学生便将他堵在了小巷里。为首的混混一脸痞气地笑道："兄弟手头有点紧，借点钱花花吧！"

"你们要是敢动我，我就……"男孩喊道，声音却越来越小。

"喊你爸教训我？"混混笑了起来，"又是这个，你以为我们现在还会怕？你爸都被车撞死了，你个没爹的小杂种。"

"爸爸才没死！！"男孩哭着喊道，一把将混混推开。

"敬酒不吃吃罚酒！"混混冷哼一声，举起手中的棒球棍，狠狠

/////////

冲男孩身上打去。
　　半透明的身形突然闪现,壮硕的男人伸出手,轻轻捏住球棍。
　　混混大惊失色,后退数步,险些摔倒。
　　父亲的幻影挡在男孩的身前,父亲慈爱地揉乱了他的头发。
　　"还没看到你长大,我怎么会走?"

龙　剑

　　"剑？"老人有些诧异地看着面前的小男孩，问道，"你才几岁？买兵器做什么？"

　　"我已经十七岁了！五十年前，十七岁的屠龙战士雷欧已经杀死了恶龙！"小男孩兴奋地解释道，"他是我的偶像，我要铸一把和他所持相同的剑，学习如何战斗。"

　　"这可不行。"老人笑着摇了摇头，"我这铁匠铺也不是什么活都接的，你一个小孩子，我不可能卖给你刀剑这种东西。"

　　小男孩一愣，没想到会遭到拒绝。然而无论小男孩再怎么请求，老人都只是笑眯眯地拒绝。

　　尽管第一次就遭到了拒绝，小男孩却一直没放弃，足足磨了老人大半年。

　　半年后的一天，男孩没能按时到来，反而使老人有些不习惯。

　　"爷爷快逃！"门突然被推开，小男孩冲进屋子，磕磕巴巴地说道，"是……是恶龙！它们冲进城里了！"

　　似乎是为了验证男孩所说的话的真实性，他话音刚落，如蛇颈般的龙首便撞碎了屋子的大门，直冲小男孩而来。

　　"嘭！"皮靴狠狠踩在龙的头顶，将其踏在地上。

"我允许你进来了吗？"老人挑了挑眉毛，语气不善。他从墙上随便摘下一把锈蚀的铁剑，挥手劈下。

　　粗糙的刀刃轻易地斩开了坚硬的龙鳞，将龙首割下。

　　"等我出去解决掉它们。"须发花白的老人揉了揉小男孩的头发，笑道，"你看，你一直想要的就是这样一把破剑，没什么大不了的。

　　"你真想要，我一会儿用完送给你吧。"

船

老船长坐在酒吧的吧台前,灌下去一瓶朗姆酒。

"我这船可不是一般的船,全海域最快,有灵性,能听懂我的话,我让它加速,它就会加速。"老船长打着酒嗝,冲对面的酒保说道,"你别不信,这是真的,要不你以为我凭什么能在其他船出海一次的时间里出海两次?"

"你的船好,航海技术也好,又不是没人知道。"酒保无奈地笑笑,"编出这种故事来表达谦虚,反而会让其他人觉得你是在炫耀。"

"是吗……"老船长摇了摇头,神情有些落寞,"但是,确实也有它的功劳啊,为什么没人理解……"

酒吧里的人哄笑,这种话,老船长说了不止一次。

夜深了,老船长拎着酒,回到船上。他拍了拍侧舷,叹了口气。接着,有陌生人在他眼前出现。

"我这船可不是一般的船,全海域最快。"老船长坐在甲板上,醉眼蒙眬。

一把燧发枪顶住了老船长的下颌,一个海盗蹲在他面前,冷笑道:"是吗?"

/////////

老船长一愣,却继续道:"有灵性,能听懂……"

枪口绽放出火焰之花,血沫横飞。

老船长死了。

"财不露白,蠢老头,没人教过你吗?"海盗冷笑道,"还能听懂人说话?我让它加速,它能加速吗?"

"当然能。"

月色下,巨大的船猛然加速,撞向礁石。

刺 客

刺客接到命令，刺杀敌国公主。

公主是千年难见的军事天才，第一次指挥战争就解决了两国多年胶着的局势。

夜黑风高，刺客翻越重重障碍，进入了公主的房间。他盯住公主心脏的位置，直扑上去。

匕首划破黑暗。

公主却仿佛早有准备，她掐住刺客的手腕，将其撂倒。她摘掉刺客的面巾，发现是个少年，扬了扬眉，夺下匕首。

"这么小就学人当刺客，不学好。"公主说着，松开少年，"走吧，别再来了。"

"我一定要杀了你。"少年恶狠狠说道，"你不要以为放了我，我就会手软！"

"随时奉陪。"公主眨了眨眼睛，笑道。

少年冷哼一声，从窗户跃出，闪身不见。

公主笑笑，继续推演沙盘，计划第二天的战役。

一个月后，少年又一次前来刺杀。结果不出所料，仍是被夺下武器放走。

/////////

　　如此每月一次,少年总不甘心。他一次又一次尝试,这样持续了数年。后来,公主甚至教给少年刺杀的技巧,两人竟有了那么一丝亦敌亦友的味道。
　　刺客从天而降,把刀抵在公主的后腰上。公主一怔,紧绷的肌肉放松下来。
　　"你变强了。"她说道。
　　"是你对我不再警惕了。"少年摇摇头,将刀收回,掏出一束干枯的花,羞涩地笑笑。
　　"很久以前就想给你了,只是没想到,这么久才打败你。"

酒

男人最好饮酒,每天晚上,一定要去村子尽头的小酒馆买上几两米酒。

他武艺高强,总是行侠仗义。每次酒馆中有人闹事,都是他出手平定。一来二去,酒馆老板的小女儿便倾心于他。

"我要嫁给你。"在男人填了参军的榜后,女孩把他堵在酒馆门口。

"别扯了。"男人笑着摆手,"我马上要去参军了,上了战场能不能回来都两说,你怎么嫁?"

女孩倔得要死:"我不管!"

男人无奈,半开玩笑地安抚她道:"要是能活着回来,我就娶你。"

女孩倒是当真,煞有介事地与他拉钩。

七年后,男人终于衣锦还乡。他在家待了近半个月,也没下定决心去小酒馆。明明当初自己是开玩笑,此时反而却有点怕那姑娘把自己忘得一干二净。

纠结再三,男人终于还是去了。他像七年前那样点了坛酒。女孩见了他,却没有任何特别的反应。

"她果然已经忘了我了。"男人有些落寞地自嘲道,"想想也是,谁能等一个杳无音信的人七年?"

//////////

  他叹了口气，仰头把酒坛中的酒倒进嘴中。男人咂了咂嘴，口中酒香四溢。一坛酒下肚，心情本就有些压抑的男人已经有了七分醉意。
  "姑娘！"男人叫道，"这酒好喝，再给我来一坛！"
  那女孩坐在男人对面的椅子上，用手撑着下巴。她露着小小的酒窝，甜甜地笑着说道："客官，没有酒了。"
  男人眉毛一竖，说："你这是酒馆，怎么可能没有酒？"
  "因为你傻。"女孩气鼓鼓地嘟起了嘴，"藏了二十多年的女儿红，当然只有这一坛。"

斥 候

士兵作为斥候，率先被派入街区。街区里所有人都提前撤离了，唯独一间院子里，蹲着一个孩子。

士兵小心翼翼地上前，开口问道："你在干什么？"

"栽花。"男孩似乎有些害羞。他被吓了一跳，向后缩了缩脖子。

"那你父母呢？"士兵皱了皱眉头，"他们没在这附近吗？"

男孩支支吾吾，好久也说不清话。士兵询问了半天，才了解到男孩的父母已经在战争中去世了。

"我不喜欢战争。"男孩说道，"我喜欢花……我的父母也喜欢花，可隔壁的奶奶说，他们再也见不到了。"

"叔叔也喜欢花。"士兵有些动容，伸出手，摸了摸男孩的头，"既然如此，叔叔就不让其他人进来。"

第二天清晨，战役打响。然而敌我两方任何一个士兵接近男孩所住的房子时，都会被士兵将子弹打在脚下。虽然不曾伤害到谁，但子弹一发接着一发稳定地射出，压制了直径数百米内的所有人。

战役结束后，士兵便被本国的士兵带走，据说上了军事法庭。而战场上充斥着火焰，唯独男孩居住的房子，没有沾染一丝战争的气息。

////////

六年过去，当初的男孩已经成长为少年，他终究还是没能避免参军。战争仍然没有结束，只不过当初的士兵，早已换成了另一批人。

似乎是为了纪念六年前的那名士兵，少年也成了一名斥候。战役开始前，他被率先派入墓园。他在侦察时，意外见到了士兵的墓碑。

"嘿，我找了你很久，原来你在这里。"

少年在墓碑上放下一朵已经干枯的花，那是他六年前所栽的唯一剩下的一朵。他扛着步枪，坐在墓碑前方，瞄准了己方士兵的脚底。

"现在……我们都是士兵了。"

取 心

　　大陆上有五个王国，几十年来，纷争不断。五个国家的国王都想一统天下，为此甚至不惜让民众数十年如一日地处于水火之中。

　　其中一个国家的术士对国王说："在大漠深处的魔窟中，生活着一个女妖。传说只要取到她的心，便可称王天下。"

　　国王闻言大喜。他吩咐士兵绑架了大陆最强骑士的父母，以此要挟其前去猎杀女妖。

　　骑士本不愿插手政治，却终究难以置身事外。他进入大漠，执利剑一路奔袭，最终在魔窟深处与女妖相遇。女妖不谙世事，一脸好奇地左瞧右看，骑士抬剑欲挥，她也丝毫不知道闪躲。

　　骑士叹了口气，把剑扔到一边，弯下腰摸了摸女妖的头。

　　"别怕，我不杀你。"他说道。

　　骑士住进了魔窟，他猜若是国王以为他死了，或许还能饶他父母一命。女妖原本孤身一人，这下有了伴，每天缠着骑士给她讲外面的事情。骑士倒也乐得清闲，便把自己身上发生的事情讲给女妖听。

　　转眼过了半年，这天清晨，骑士醒来时，意外地发现女妖竟比自己起得还早。女妖风尘仆仆，手中拎了五个包裹，显然是刚从外面回来。

/////////

　　骑士嗅到了包裹里的血腥气味，皱了皱眉。他打开其中一个，吓了一跳，那包裹里赫然是自己国家那暴君的头颅。他目瞪口呆地看着面前摆成一排的五个包裹，吃惊到下巴几乎要碰到桌面。

　　"这……这是……"他磕磕巴巴地开口问道。

　　"五大王国国王的首级。"女妖狡黠地笑了笑，"就当是你杀的。既然他们残暴不堪，那这皇帝就由你来当好了。"

　　骑士带着女妖回了国。他本就由威望极高，被压迫已久的人民欢呼着将其捧上皇位，发自内心地尊他为领袖。

　　"你愿意做我的王后吗？"登上王位的那天，骑士向女妖表白。

　　女妖红着脸点了点头。骑士大喜，接着突然想起了那个关于女妖的传说。他一愣，不禁莞尔一笑。

　　"原来是这么取心。"

僵　尸

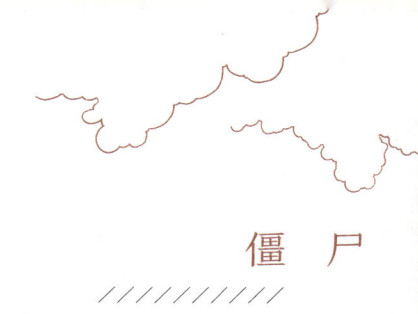

"你说，世界上是不是只剩咱们两个人类了？"女孩神色黯然地问道。

"怎么可能！"男人摇摇头，"那些僵尸厉害归厉害，终究是没有智慧的。"

他与女孩已经相依为命一年了，自从僵尸病毒爆发，男人便把她当成自己的亲生女儿照顾。

这天女孩睡醒后意外发现，男人的脸颊竟有些腐烂。她惊叫一声，急忙向后退去。

"不用叫啦，咱俩是一样的，是我对不起你。"男人声音低沉，"我在外面被僵尸咬到，感染了病毒，又在你睡觉时袭击了你。意外的是，咱们两个似乎保留了智慧。"

女孩终于还是叹了口气。变成僵尸之后，二人生存变得容易许多。城市中遗留的方便食品足够他们消耗到变质为止。又过了几年，二人终于在城市周边发现了活人的踪迹。

"是人类！"女孩惊喜道，随即又垂下了眼睑，"可我们现在是僵尸，被人类发现的话，会被杀的吧。"

外面的人类越来越多，僵尸一个接着一个被猎杀，人类甚至开始逐渐深入城市。女孩从未想过，竟然还有这么多人活了下来。或许一个月，也或许过一年，城市里便再见不到僵尸的踪影。

"你说,世界上是不是只剩咱们两个僵尸了?"女孩问道。男人心疼地摸了摸女孩的头,叹了口气。

　　一天清晨,男人摇着女孩的肩膀将其叫醒,说:"有人来了,我带你去个地方。"

　　女孩问不出目的地,只得浑浑噩噩地跟着男人走。大概走了半天,二人眼前出现了人类的基地。

　　"这是……"

　　还不等女孩问出话来,男人的头颅便被子弹掀飞。女孩吓得跌倒在地,呆呆地看着士兵从远方跑来,停在她的身边。

　　"报告首长,尸王已被击毙!"为首的士兵冲着对讲机喊了一句,接着笑着对女孩解释道:"你还真是命大,每一亿个僵尸中就会出现一个留有智慧的尸王,领导尸群,咱们人类可是吃了不少亏。"

　　"不过不用怕,这应该是世界上最后一个僵尸了。"

魔　头

少年从小的理想便是成为一名大侠，惩恶扬善，抑强扶弱。

他没有老师，就跟着小说里写的招式练习武功。他没有神兵利器，就到村子里的铁匠铺讨了把锈蚀的破铁剑，磨磨锋刃倒也勉强能用。

随着年龄增长，少年的理想不但没被磨灭，反而对他的影响越来越大。

他听说镇子里有个远近闻名的魔头，从十多年前起便兴风作浪，任谁都无法将其击败。少年自觉武艺小成，便拎着破剑前去讨伐。

到了镇子，少年才得知魔头早就隐姓埋名不知去哪儿了。他抱着一丝希望，每日跑去镇子里的酒馆打听消息，一来二去，倒和酒馆里那看上去半截入土的老板成了朋友。

老板在镇子里是出了名的老好人，他不止一次劝少年放弃，少年却仍一根筋地坚持着，到了后来，全镇子的人都知道了少年的志向。

这天少年来到酒馆时，意外撞上了周围山中的土匪。数名土匪踹坏了酒馆的门，冲进去打砸，叫嚣着收取保护费。老板则唯唯诺诺地掏出钱来。

"你们做什么？！"少年从腰间拔出了那柄破破烂烂的剑，怒喝道，"今天有我在这儿，你们谁也别想作恶！"

"哟。"为首的土匪吹了声口哨,调侃道,"这不是隔壁村子的那个乡下小子吗?怎么,大侠梦还没醒,想触我们弟兄的霉头?"

说着,他一拳打在少年的脸上,将其打倒,接着顺手抽出了刀,劈向少年的后背。

"还是不要伤了孩子吧!"两根手指夹住了刀刃,酒馆老板不知什么时候站在了土匪身边。他笑了笑,有狂暴的魔气勃发。土匪被一个接着一个打断腿,丢出了酒馆。

"你……你就是传说中的魔头!"少年磕磕巴巴地说道。

"那是别人起的名字。"老板点点头,又摇摇头,"我是想当大侠来着。"

参 妖

少年的妹妹患了重病,卧床数月也不见好。他每日照顾着,但随着冬季的来临,妹妹的病情不但没有好转,反而越发严重。

少年为了给妹妹治病,跑遍了镇子里的医馆。他一家一家求人出诊,然而无论是哪家大夫看了,最终都只摇摇头,说一句无能为力。有好心的大夫告诉他可以去寻一名猎妖师来看,猎妖师每杀死一只妖,修为就会大增,直到成仙,资深者有着半个神仙的能力。

少年听说山脚下寺庙里的老和尚年轻时是有名的猎妖师,遂拎着礼品前去拜访。

老和尚没接礼品,听了他的叙述后,对他说:"阿弥陀佛,山上有种几乎接近人形的人参,施主去把它找来,研成粉末煎药,喂给令妹,不出三天,病情便会好转。"

少年听罢大喜,急忙上山,最终在一棵松树下找到了人参。那人参被拔出来时惨痛地号叫了两声,一脚把少年踢翻。

"啊!妖精!"少年大惊失色。

"是不是山下那个老秃驴让你来的?"人参没好气地问道。

少年点点头,随即阐述了妹妹的病情。

"果然又是这种事。"人参虽然气愤,但耐不住少年的请求,还是下了山。它略施法术,便轻松治好了女孩的病。回到山上时,人参施法炸了寺院的膳房。

"老秃驴，想害我，没门儿！"它气鼓鼓地找了块泥土，钻进去休息。
　　山下，老和尚笑着摇头，在面前猎妖谱上的"参妖"二字后，填了一个正字。
　　"等你再做三件好事成了仙，我就不用抓你了。"他说道。

书　生

　　书生进京赶考的必经之路上有个村子，他到那里时，正值夕阳西下。书生斟酌一番后，轻轻敲响了村口处一户人家的门。门打开，一个蓄着络腮胡子的汉子露出了头。

　　"实在不好意思，打扰了。"书生深深鞠了一躬道，"我是进京赶考的书生，一路跋涉，日落时正好路过宝地。夜黑路暗，故想在此借宿一晚。"

　　还不等那汉子反应，他又从口袋里掏出二两银子，说："我肯定不会白住的。"

　　汉子大吃一惊，急忙推辞，说什么也不肯接钱。几番来回后，汉子硬是把钱塞回了书生的手里。

　　当晚，书生借宿在汉子家，被好酒好肉款待，两人趣味相投，很快便成了朋友。第二天，书生刚要出行，却发现外面下起了瓢泼大雨。

　　汉子阻拦他道："前面那片森林里住满了妖精，噬人肌骨，这种阴气重的时候，最易出没，你还是再停留几日吧。"

　　书生着急赶考，坚持要走。汉子无奈，只得嘱咐在林中遇到任何人都千万不要停留，一切都可能是妖的幻术。书生点点头，撑着伞行路，却没想到刚进林子，便在入口处发现一名老妪跌倒在泥水里。

　　老妪说自家住在林子对面，这次出来给生病的丈夫买药，却遇到大雨不慎跌伤了腿，希望书生能发发善心，送其一程。

书生想起了汉子的嘱咐，再三思考后，终于还是违背不了自己的良心，咬牙背起了老妪。

　　树林里的妖嗅到了人的气味，纷纷拥上小路，然后大吃一惊，跪在路边，不一会儿，便跪了数百只妖。有新来的小妖不懂，被这阵势吓住，问道："为什么不上去吃了他？"

　　"你疯了！"其他妖精道，"没看到他正背着菩萨吗？！"

叶 落

　　天气越来越冷，少年不得不给妹妹裹上厚重的棉衣才敢带她出门。

　　秋天早上日出的时段，室外的风格外凛冽，如刀子一般割得人脸生疼。几分钟后，尽管穿了不少衣服，但女孩娇弱的身躯还是开始在寒风中瑟瑟发抖。

　　"乖，抬手，再多穿一件。"少年把自己身上的棉衣脱了下来，披在了妹妹的身上。

　　女孩听话地穿上哥哥的衣服，奶声奶气地问道："哥哥，什么时候到秋天呀？"

　　"傻。"少年揉了揉妹妹的头发，温柔说道，"你看，树的叶子都掉了，铺在地上。露水也变成了寒霜，燕子离开了它们的巢穴，去往很远很远的南方。现在就是秋天了呀！"

　　女孩似懂非懂地点了点头，摸了摸树干上挂着的霜，然后猛地收回了稚嫩的小手。

　　"嘶——好冷！"她道。

　　少年急忙拉过妹妹的手揣在自己怀里，哈着热气。

　　"哥哥，"女孩道，"有这些霜挂着，大树的叶子又不见了，它不会感觉冷吗？"

　　"大概……会吧。"少年一愣，随即又摇了摇头，"想这些干吗？走了，带你去吃早餐。"

少年牵着妹妹走远，他的身后，大树始终挺拔。

"喂，那女孩的问题你听没听到？"胡子发白的土地神从泥土中钻出，用木杖敲了敲树干，"你把叶子全铺给我，自己真的不会冷吗？"

树妖望着少年衣着单薄的背影，笑着反问道："你说他会不会感觉冷呢？"

重 生

"想要不失去前世的记忆,同时下一世投胎仍会相遇,也不是没有办法。"牛头道,"正好最近地府苦力紧缺,我就给你们指条明路。"

"什么明路?"少年焦急地问道。

"生前三年、死后三年随我去地狱做苦工,我就可以遂了你们的愿望。"牛头玩味道,"不过事先说好,这项工作很难,一般人可坚持不下来。无论何时,即便是投胎以后,只要后悔了,记忆就会立刻被抹除。当然,死后那三年的苦工自然也就不必再做了。"

"我见过太多情侣,当初山盟海誓,到最后要么只有一人坚持下来,要么双双放弃。"牛头笑笑,"所以,希望你们两个想清楚再做决定。"

少年和女孩对视一眼,都点了点头,毫不犹豫地应了下来。

牛头挑了挑眉,道:"那就走吧。"

地狱的苦工仅凭"很难"二字完全无法形容,少年没想到,牛头说得轻松,实际竟是如此煎熬。他每日每夜都体验着求生不能求死不得的痛苦,拼了命地咬牙挺着,始终不愿放弃。

艰难地熬过了三年,少年重新投胎,一步步成长后,终于在成年的那一天于一座桥上看到了女孩的背影。他激动地冲上前去,兴高采烈地搂住女孩的肩膀。

"请你放尊重一点，"女孩将其推开，神色厌恶，"咱们两个认识吗？"

　　少年愣住，难以置信地看着女孩，踉踉跄跄地后退了几步。

　　女孩骂了句神经病，也不顾少年失魂落魄的样子，扭头便走。走着走着，她的眼泪便滚滚而下。

　　"这样的我……你一定会后悔吧！"女孩用袖子擦掉泪水，强忍着哽咽，大步向前，"剩下那三年的痛苦，我一个人煎熬就好了……"

　　"喂！"女孩的身后传来少年的喊声。他气喘吁吁地追上前来，鞠了一躬。

　　"抱歉，刚刚错把你当成我的朋友了。"少年露出了一个灿烂的笑容。

　　"你叫什么名字？"

作 家

作家无聊,翻阅史书,被其中一篇记载女孩行为的文章震撼到。

书中讲,那女孩自幼生在百家,容貌清丽,性格却古灵精怪。她自小虽惹过不少祸,却也因聪明机智帮助了不少人。到豆蔻年华时,她已经巾帼不让须眉,周边数十里地村庄的孩子,无论男女,都以她为首。

有一次,女孩遇到未成材时老实的将军正被混混欺负,出手将其救下。之后二人间暗生情愫,一路互相扶持,相依相守,直至将军战功赫赫,后来,二人隐居田园,膝下子孙满堂。

书中寥寥数字,便把那少女的生平和性格写得淋漓尽致。她与将军之间的情缘,也被描绘得甜蜜唯美。

其中最使作家记忆犹新的,便是少女与将军初遇时,对混混说的那句:"都给我住手!"

作家放下书后,回味许久,越发喜爱这段历史故事。第二天清晨,他便抬起笔,写下了以女孩与将军为主角的小说。

数月后,小说出版,大卖,作家一下子火了起来。他一跃成了作家富豪榜的榜首人物。女孩与将军的故事也因此被世人熟知。

眨眼间,数十年过去了,作家上了年纪,却一生未娶。临终前,他又看了遍那已经被翻得残破不堪的史书,幽幽地叹口气,合上了双眼。

白光闪过，作家诧异地发现自己躺在了地上。他撑着站起，又意外地发觉自己手上的皱纹全都消失，穿着也换成了古代的装束。

　　"我这是……穿越了？"

　　还没等作家高兴起来，不知从哪儿过来一拳，将他打得眼冒金星。接着，清脆的嗓音从他身后传来：

　　"都给我住手！"

抢　劫

　　女孩住的小区里，有一群不怕人的流浪猫。她刚搬来时，这群猫个个瘦骨嶙峋，终日为食物发愁。

　　女孩买了一大袋猫粮，每晚放学时，她便赶去喂猫。一年下来，原本瘦弱的小猫居然都胖了起来，反倒是女孩因要上晚自习，喂完猫，自己便吃不上饭，日渐消瘦了下来。

　　放学后，女孩如往常般急忙跑回家，抓了一大把猫粮。

　　她哼着小调关上了门，向着楼下跑去。然而刚下了一层，一只手不知从什么地方突然伸出来，拉住了女孩。

　　"不要动，抢劫！"女孩的双臂被抓住，束在背后，有低沉的嗓音在她的耳边响起。

　　"钱就在包里，你全拿走吧。"女孩吓了一跳，知道此时破财消灾才是最好的选择，连忙说道，"我不会报警的。"

　　那劫匪没去拿包，而是将一个眼罩戴在了女孩的眼睛上，道："跟我走一趟吧，不用担心。只要你听话，我绝对不会伤害你。"

　　女孩看不见四周的情况，心中恐惧渐起，又因怕歹徒有凶器而不敢呼救，只得在歹徒的搀扶下走上楼梯。她听到歹徒在她包里翻出钥匙，打开大门，心里不禁叫苦。

　　"你在这儿坐着，不准摘下眼罩。"歹徒将女孩扶到沙发上，轻声道，"直到听见闹钟响为止。"

女孩点了点头,无奈地叹了口气。

半小时后,闹钟响起。女孩小心翼翼地睁开眼睛,面前空无一人。令她诧异的是,桌子上竟然摆了满满的饭菜。最中间的一盘鱼下,压了一张字条。

"抢走你一小时,请你吃晚餐。"

歪歪扭扭的字被重重地写在纸上,旁边是一个脏兮兮的爪印。

占 星

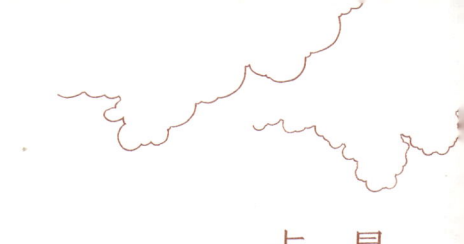

"骗子!"女孩闯进镇子里新搬来的占星师的家中,愤愤地甩下这两个字。

男人无奈地摊手道:"我骗谁了?"

"什么星相星座塔罗牌,都是假的!"女孩哼道,"你做神棍,骗得了别人可骗不了我。"

男人摇摇头,也不解释,转身去做自己的事。女孩冷哼一声,拉过椅子坐在门口,只要有人来占卜,便上前劝阻。几次下来,不但没拦下人,反被骂了好几次神经病。

"你拦不住的。"男人劝道。

"拦不住也要拦。"女孩气鼓鼓道,"什么时候拆穿你,我什么时候再走。"

"那你拦吧。"男人笑笑。

从那天起,女孩每日都要去占星师的那间屋子,对每一个前去占卜的镇民科普知识。但无论她如何阻拦,去占卜的人都越来越多。到了后来,女孩甚至已经不再阻拦,而是听着那些前去占卜的人的故事,与他们一起开心,一起抹眼泪。

"你真的会占星?"送走了一个被开导的姑娘后,女孩有些不确定地问道。

//////////

"你看这占星书,上面讲的全是获得好运,一件坏事都没有,怎么可能是真的?"男人耸了耸肩,把手上的书籍塞回书架,"世界上哪有会占星的人啊,就算几百年前真的有这种技能,现在也早就失传了。"

女孩没想到男人会这么坦白,愕然道:"那你……"

"他们得到了自己想要听到的东西,很幸福。"男人笑道,"这就足够了。"

"今天的月亮比往常亮很多,每十八年才能出现一次。据说,看到它的人都会获得幸福。"男人做出邀请的姿势,"怎么样,要不要一起赏月?"

女孩一愣,双颊微红道:"这也是骗人的吧。"

"这是邀你约会的借口。"

黑 熊 怪

黑风山上的黑熊怪放出话来,要吃遍黑风山上的百兽。

黑熊怪虽是妖精,却从来不沾荤腥,只食素餐——这是黑风山上所有动物都知道的事情。所以即便每个动物都听到了传言,一时间,竟没有一个选择离开。

直到第二天黑风洞派人出来捕猎,黑风山上的动物才知道黑熊怪这次是动真格的了。无数动物一边咒骂着黑熊怪之前的伪善,一边连夜迁徙,离开黑风山。一天之内,山中便只剩下了一窝仍不愿相信事实的山雀。其他动物劝其一家离开,它们不为所动。

黑风山上的动物逃走后,黑风山安静了几天。

紧接着,唐僧师徒四人来到了黑风山附近,一时间,大批的外来妖精拥入。黑熊怪固然实力强盛,却控制不了每个作乱的妖精。

黑风山在几天内乱作一团,每日妖气纵横,山雀一家没日没夜地躲避着饥饿的妖精的捕食,疲于奔命。

这天晚上,黑风山下的观音寺起了场大火。黑熊怪下山,又连夜返回洞府。这么简单的行为,却如捅了马蜂窝一般。

孙悟空拎着一根棍子上了山,一路把那些外来的妖精打得屁滚尿流,叫嚣着让这黑风山上的妖精头目还其袈裟。那袈裟本有驱妖功能,也不知黑熊怪为何不怕,将其顺手偷走。

黑熊怪迎上前去，和孙悟空大战十数回合，不敌而逃。接下来的数日，日日出洞与孙悟空对战，日日挨打却从不屈服。孙悟空让其归还袈裟，他却总说些除非把这山中妖怪都清了之类的话。

　　孙悟空无奈，找来了观音菩萨。菩萨听了黑熊怪的话后，挑了挑眉，顺手洒下瓶中净水，清了所有妖魔。

　　被打得鼻青脸肿的黑熊怪终于出了洞，领着孙悟空和菩萨进了林子。锦襕袈裟被掀起，柔和的佛光包裹着一窝瑟瑟发抖的山雀。

神　仙

"我以后不要修炼了。"小狐狸道,"费心费力,什么用都没有。"

族中的长老有些诧异道:"何出此言?"

"这个世界上是没有神仙的。"小狐狸气鼓鼓地抱怨道,"如果有神仙,我的果树为什么会枯死?"

"果树枯死,是因为你照顾不周。"长老无奈地摇头道,"神仙才不会管这种鸡毛蒜皮的事。"

"那神仙管什么?"小狐狸反问道,"这么多族人,包括你在内,我也没听说有谁修炼成神仙了。"

长老听了,一时语塞。

"哈哈!被我问住了吧?"小狐狸嘲弄地一笑,"这个世界上才没有什么神仙,要是有的话,怎么可能没人见过?"

"可是……"

"什么可是?"长老刚开口说话,就被小狐狸打断,"你可不要说有神像,也不要说什么我们的祖先,那些东西根本不算什么证据,都是外面的人幻想出来的。"

长老摇了摇头,知道小狐狸一贯骄横,讲不通道理,只得摇摇头,叹一口气,不再说话。小狐狸仿佛斗胜了的公鸡,趾高气昂地离开了村子。

它踢着小石子，从一处蹿到另一处，欣赏着风景，终日游乐。它路过一座村庄时，天下起了雨，雷霆大作，有闪电劈下，引燃了木屋。

小狐狸听到有孩童啼哭，急忙赶去着火的房屋，发现一男孩被困在大火中。它冲进去抱住孩子，刚想带其逃跑，房梁却被烧断，阻截了道路。小狐狸法力低微，难以挪开房梁，无奈之下，只好用尽全部法力抵抗火焰的侵袭。

大火烧了一整天，小狐狸最在意的那九条尾巴上的毛都被大火燎尽，变得光秃难看。它一边难过地哭着，一边不时地从怀里掏出留作零食的小果子给男孩吃，安抚他的情绪。

终于，大雨将火焰浇灭，有人救援时，小狐狸才长出一口气，放下了分毫未伤的男孩。它痛定思痛，也不顾哭着跪下谢恩的村民，"嗖"的一下没了影子，灰溜溜地回到族里修炼。

附近的村子新立了神像，是一只拿着小果子的九尾狐。无数人前去祭拜，一时间香火不断。

吃掉悲伤

男孩哭丧着脸,闷闷不乐地回到家中,将自己埋在枕头里。

"怎么啦?"小妖精颠儿颠儿地跑过来,关心地询问道。

"我和我最好的朋友吵架了。"男孩把脸捂在枕头里,闷闷地说道。

"怎么又吵架啦?"小妖精无奈地耸耸肩。三个月前他结识男孩的时候,男孩就是刚刚和好友吵完架。

那时他饿得不行,好不容易才找到像男孩这样合适的猎物,便冲着男孩的后背,张开血盆大口。没想到男孩却把他错当成玩偶,一个转身,死死抱住他的一条胳膊,大哭起来。

"算了,看他这么可怜,还是留他一命,下次再吃吧。"他想着。

这一拖就是三个月。

"喏,就是这样啦,你去和他好好谈谈,一定会和好的。"小妖精如往常一般,以这句话结尾,然后从男孩的身后拽出了什么,偷偷塞进嘴里。

男孩点点头,去找朋友了。

"唉,说好了这次一定要吃掉你的。"小妖精打了个嗝,拍拍肚子,"不过……虽然填不饱肚子,但是吃掉了你的悲伤,你就会开心啦。"

04
SWEET

我也喜欢你

土 地 神

村口的一棵大槐树下,坐落着一座破败的土地庙。庙里的土地像破破烂烂的,早已失了法力,无人祭拜。

据说数十年前,那庙中的土地神结识了一位前来祭拜的姑娘,与那姑娘一见钟情,接着又违反天规,欲私自与其定下姻缘。哪知好景不长,土地神的行为被天庭得知。天帝震怒,施下惩罚,要处死姑娘,并将土地神流放,受苦十年。

土地神四处寻人央求,拜会众仙,愿付出一切,只换姑娘一命。

有上仙被土地神的一片真心感动,在天帝面前求情,那姑娘的命才终于保了下来。土地神却也因此多流放了三十年。

从土地神消失的那天起,那姑娘便住进了庙里,终日足不出户,潜心修行。一晃便过去了四十年,年轻的姑娘也被岁月磨成了一位老人。土地神流放结束的那天,老人早早起来,洗漱干净,等待着土地神的出现,然而直到傍晚,也没见人影。

附近的小妖劝她道:"那土地神准是忘了你了,你又等什么呢?"

老人只是摇摇头,仍住在庙里,日复一日地修行。

这天,庙里突然闯进一群强盗,他们打砸神庙,抢劫财物。凶神恶煞的首领挥刀,斩向了老人。

千钧一发之际,已经上了年纪的土地神拎着手杖出现,伴随着一阵光芒,强盗被弹飞出去。

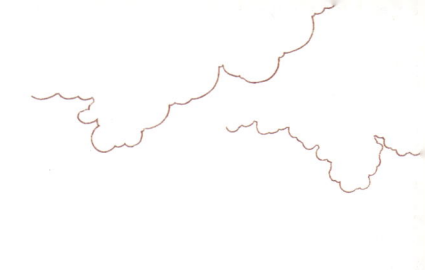

"老朽虽然年纪大了，但好歹也是神啊。"土地神笑眯眯地捋着自己的胡子，"你们倒是胆子挺大，趁我不在，竟敢来我的地盘横行霸道。"

还不等其说完，强盗的身上突然散出一股青烟，瞬间变成了稻草人。土地神诧异间，只见护在身后的妇人变得年轻，且穿着一身嫁衣。

"你果然还是在我身边的。"姑娘道。

"哎呀，你怎么这么傻！"土地神反应过来，长叹口气道，"人仙殊途，若是让天帝知道，他怎肯饶你？"

"我在这庙里修行数十年，你也不看看，这庙是认我，还是认你。"姑娘掩面而笑，"你说是不是啊，天帝大人？"

天空中传来一声冷哼，光华大放间，庙中神像赫然化为了姑娘的模样。

白　泽

少年孤独地在大街上游荡。现在虽已是深夜,但对他来说,却是一天中最轻松的时刻。

记忆从三天前的那个夜晚开始,再之前的,少年已经难以记清了。自清醒起,他就开始被一只怪物追逐,无论怎么躲避,那只羊头狮身的巨兽总会寻到他的踪迹。

少年曾在一本古书中看到过这只怪物的形象。

白泽,据说是能够趋吉避凶的神兽,被人当作驱鬼的神来供奉。但从现在的情况来看,显然并非如此,那"神兽"凶恶得很,要不是少年躲避得足够快,恐怕早就被其撕碎吞噬不知多少次了。

被追猎的第二天,少年才终于得知了白泽追捕他的原因。那天中午,他看着自己被阳光照射的脚边,苦笑了一声。

"没有影子……"少年有些悲哀地自语道,"原来我早已经死了啊……对其他活着的人来说,猎杀我才是真正的趋吉避凶……"

少年收拾好心情,继续躲避着白泽的追捕。他知道自己可能躲不了多久,但多存在一天,对他来说都是一种幸运。他不想就此放弃,他想尽自己的能力恢复记忆,见一见自己的父母亲友,并知晓自己死亡的原因。

午夜十二点的钟声响起,白泽每天三个时辰的休息结束。

一小时后，少年终于被白泽堵在了医院背面的巷子边。他恐惧地四下顾盼，已经再无逃生之处。

白泽凶狠地扑上来。少年惊叫一声，大概是生死一线时被激发了潜力，也不知哪儿来的力气，猛地翻过了医院那极高的围墙。

"成功了！"主治医师看着男孩逐渐平稳的心电图，惊喜地叫道。他如释重负地走出抢救室，对少年的父母说："病人已经脱离了生命危险，接下来，只需要把车祸中造成的骨折伤养好就可以了。"

男孩睁开双眼的同时，医院后街，那只凶猛的神兽微微露出笑容，消失在夜幕里。

孟 婆

"孟婆奶奶，我不想喝孟婆汤。"小女孩怯生生地说道。她的十指在小腹前缠绕着，明显紧张得很。

孟婆愣了一下，停住了舀汤的动作，她抬起头，有些诧异地看向小女孩，努力要看清她的脸。孟婆眉头微皱，似乎是在回忆什么，好一会儿才开口问道："为什么呢？"

"因为世界很棒啊！"小女孩看孟婆没有直接拒绝她，满脸希冀地抬起了头，"有很爱我的父母，有一直陪我玩的小伙伴，有可爱的小狗，有漂亮的星星，温暖的阳光。"

"世界不会因为你喝了孟婆汤而变化。"孟婆道，"你投胎了，这些依旧会存在，你也仍然会经历。"

"可那就不一样了。"女孩有些焦急地说道。

后面等着投胎的人有些不耐烦，开始冲着小女孩叫骂。看着小女孩泫然欲泣的样子，孟婆猛然起身，扬声道："都给老娘闭嘴，否则把你们打下奈何桥！"

所有人都安静了下来。

"我不能违反规矩。"孟婆坐下，温声说道，"没有失去记忆的人是绝对不可以转世投胎的。"

"那……那我可不可以先留在这里，再等等其他人……"

孟婆又是一怔，轻声道："会等很多年的。"

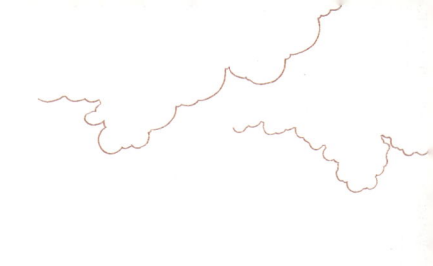

女孩留了下来，每日在奈何桥边陪着孟婆聊天，告诉她外面世界的变化。"你和她真像。"孟婆偶尔会突然这么感叹道，小女孩深问了，孟婆便又笑而不答。

　　时间转眼过去数月，这天有鬼差突降，站在奈何桥前欲将女孩缉拿。她停留的时间过长，终究还是触了阎王的底线。

　　"无论如何也要帮你实现这个愿望啊……也算是我报恩了。"孟婆轻声说着，面对鬼差荡起了一条红绫。

　　"来吧，像当初一样！"

　　战斗持续了三天三夜，地府被闹了个翻天覆地，但孟婆终究还是败了。她喝了汤，失去了记忆，被打入地狱受苦，之后投胎到人间，从此便失去了消息。女孩则接替了孟婆的位子，也算是如愿没有直接投胎。

　　又是数十年过去，孟婆如往日一般舀起一勺汤，还不等倒入碗中，便有一个怯生生的声音说道："孟婆奶奶，我不想喝孟婆汤。"

　　孟婆愣了一下，还不等其说话，身后便有人叫嚷着打断了她的思绪。

　　阎王急匆匆地赶了过来，气喘吁吁地擦着汗说："我算是怕了你们了，都九十九个轮回了，千万不要再继续了。"

　　"天帝有令，你二人心诚至深，升至天庭为仙。"

杀　手

男人是个蹩脚的杀手,自入这行起,参加过数十次任务,从未成功。侥幸的是,他有个很强的搭档,几乎次次都救下了他的命。

男人的搭档是个少女,看上去比男人还要年轻,却是排行榜上的顶尖杀手。

"你可能就是天生运气不好。"少女劝道,"别做这行了,不是每个人都适合这个行业的。咱们已经赚了那么多钱,现在一起退隐,开家小店,也能生活得很好。"

男人笑道:"我运气差,不是还有你吗?杀手这行挺好的,我可想一直做下去。"

少女沉默了一会儿,叹了口气说:"下次任务,我可能不会陪你一起参加了。我接了个大活,你应付不来。嗯……以后可能也不会一起了。"

"说得也是……"男人愣了一下,随即又苦笑道,"我这么烂,一直都是你的累赘,如果没有我,你大概会有更好的发展。"

"这是我家祖传的怀表,就当留作纪念。"少女目光复杂地看着男人,把一枚怀表塞进其手中。她欲言又止,终究还是没再说什么。

男人又参加了任务,也不知是不是少女不在的缘故,这次的任务

比以前难了很多。

子弹突进，男人只觉得胸口仿佛被一柄大锤击中，整个人向后飞了出去。他的眼前一片模糊，逐渐失去了意识。与此同时，有炸弹爆破声响起。

硝烟散尽，灰尘覆盖的角落中，男人的手指动了动。

男人艰难地坐起，吐了口血。他摸了摸胸口，那里有一枚变了形的怀表。刚刚子弹就是正打中怀表，才让男人幸免一死。

"竟然还是要你救我……"男人看着怀表中少女的照片，突然笑出声音。接着，他艰难地掏出电话，打给少女。

"咱们退隐吧？"他说道，"我想娶你。"

天台上，少女从瞄准镜前移开，甜甜地笑道："好啊。"

几十秒前，她冒着风险，将枪口微微偏移，瞄准了男人胸前的怀表。

江 湖

"师父,师父,"小道士拉扯着师父长袍的下摆,奶声奶气道,"江湖是什么样子的呀?"

"江湖啊——"老道士捋了捋胡子,笑道,"那是一个精彩的世界,比咱们这座小道观丰富得多得多,那里是一个充满了善意与……"

说到这里,老道士顿了一顿,眉毛一凝,又舒展开来。接着,他用坚定的语气说道:"那是一个充满了善意的地方。"

小道士记住了这句话,多少年来始终对山下的江湖充满着憧憬。时间转瞬即逝,十来年过去,小道士到了弱冠之年。生日那天,他收拾好行装,与师父道了别,下山历练。

山路难行,小道士走了整整一天,到了最近的客栈时,已经接近深夜。小道士敲开了客栈的门,大大方方地打开包裹,从一堆碎银子中拿出一粒交给小二。

四更时分,一群人闯进小道士的房间,抢走了他的行李,又将他五花大绑抬了出去。小道士万万没想到会发生这样的事情,一路哭喊着挣扎着,却没有人来救他。

客栈大堂,小道士身上的绳索被解开,一个一脸凶相的彪形大汉跷着二郎腿坐在他的面前。

"都说过多少次了,江湖险恶,财不外露。"大汉痛心疾首道,"你们这群傻道士怎么都不长记性的啊?"

大汉自称是店长。他说教了一个多时辰，直到水都喝干了几碗，才把行李完完整整地交还给小道士，放他离开。小道士晕晕乎乎地走出客栈，直到进了城才缓过神来。

进城当晚，小道士又被抢了。这次抢他的人是给他指路的大叔。

"看你的打扮就是那山上下来的道士吧？"大叔苦口婆心道，"你们啊，就是把江湖想得太美好。江湖险恶，出门在外，一定不要轻易相信别人。"

说罢，大叔把行李交还给小道士，放他离开。

一路历练，小道士就这么被抢了十多次。但直到养成保护自己的习惯为止，他也没遇到过一个真正的坏人。后来，小道士变成了老道士，他继承师父的衣钵做了观主，接收徒弟，传播道法。

那天，他新收的小徒弟跑来拉扯着他的衣角，天真地问道："师父，师父，江湖是什么样子的呀？"

老道士想起了山下的那些江湖人士，"险恶"二字却是怎么也说不出口。他顿了顿，语气坚定地笑道："那是一个充满了善意的地方。"

少女魔王

"歧视,都是歧视!"

"这也太欺负人了吧!魔王怎么了?魔王就不能拥有爱情吗?!"少女愤怒地将手中的杯子摔向地面,咬牙切齿道,"怎么谁都怕我,公主是女孩,我就不是了吗?"

少女面前摆着使者带回的拒绝信。信件由东部王国的王子亲笔所书,大概是因为内心恐惧,那些字写得歪歪扭扭的,完全没有平时的大气。

信件所表达的意思总结一下便是:魔王殿下气场太强,小生不敢高攀。

少女是这片大陆最强的魔王之一,也是唯一的女魔王。这个世界上的绝大多数事物对她来说都唾手可得。唯独姻缘这东西,她却是怎么也强求不来——迄今为止,每一个她看上的人都畏惧她。

王座之下,军师瑟瑟发抖地举起手来。少女平复了下心情,不耐烦地挥挥手道:"你说!"

"据说远古山脉生活着一条恶龙,凡是被它抓走的人,都会收获爱情。"

少女眼前一亮。

几天后,魔王跑到了恶龙的城堡下,叫嚷着让恶龙陪她演戏。

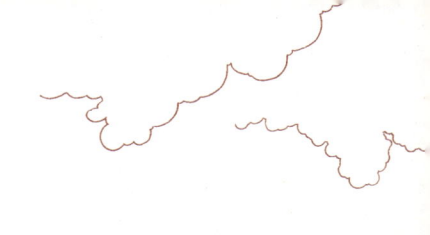

有史以来第一次,恶龙不管用了。少女在恶龙的城堡里待了三个多月,每天和恶龙聊天打牌,也没见一个骑士闯进来。这天午夜,少女拽着恶龙喝了个酩酊大醉。

"为什么每个人都喜欢公主啊?"少女打了个酒嗝,"我哪点比公主差了?"

"世界上哪来那么多公主可被我抓啊!"恶龙笑道,"再说了,公主又怎么可能只是因为被救就嫁给一个不知底细的陌生人?"

"啊?"少女愣了一下。

"被救的人本来就是骑士的'小公主'啊,他们互相爱慕,我只是他们的桥梁。"恶龙说道,"我唯一做的,就是收骑士点金币,假装输掉而已。"

"原来如此。"少女幽幽叹气道,"谢谢你这几个月一直陪我胡闹。"

"其实……也是有骑士想来救你的。"恶龙突然说道,变得扭捏起来,"只不过自己和自己打……有点蠢,就……"

少女怔了一下,笑眯眯道:"尊敬的骑士,你愿意来救我吗?"

恶龙把右手放在心脏上方说:"荣幸之至,我的小公主。"

采 蘑 菇

年轻的猎人听到背后传来的尖叫声,皱了皱眉头。想了一会儿,他放下手中已经瞄准了猎物的枪,无奈地耸耸肩,转身向山里跑去。

女孩跌坐在林中一片长满蘑菇的空地的边缘处。她的腿上夹着一个捕兽夹,手中提的小篮子掉在地上,蘑菇撒得到处都是。

"采蘑菇?"少年将捕兽夹摘下,自口袋里取出药瓶。

"嗯……"

"以后别来这儿采蘑菇了。"少年拍了拍药瓶,将落到手心的药粉涂在女孩腿上的伤口处,"除了你,有很多喜食菌类的动物也知道这个地方。这些动物中的绝大多数,不是肉质鲜美,就是皮毛华丽,是猎人梦寐以求的猎物。"

"因此,这片空地被很多猎人埋了陷阱。"少年将绷带系紧,继续说道,"对你这种未经过训练的人来说,其中某些淬了毒的陷阱,会有致命的危险。"

女孩懵懵懂懂地点了点头。

少年把她送到山下,又叮嘱了她一番,才安心回家。

第二天黄昏,少年又一次听到了尖叫声。他匆匆忙忙地赶到空地时,再一次发现了女孩的身影。

"怎么又是你?"少年骂道,"上次不是和你说过这里很危险的吗?你听不懂人话?"

"可是这个地方的蘑菇真的很多……"女孩十指绞在一起,唯唯诺诺道,"如果能摘到的话,我每天就能早点回家,不被父亲责骂了。"

少年终于还是叹了口气,不忍再说什么。他又一次帮女孩把腿伤包扎好,背其离开林子。

"对不起!对不起!"女孩不断地道歉。

少年摆摆手,似乎是懒得废话。

第三天女孩来到空地时,少年早已等了许久。他拿出满满一布袋刚摘的蘑菇,塞到女孩的手中。

从那天起,每当女孩来到空地时,总会见到少年。他们渐渐熟悉起来,有了少年的帮忙,她再也没被父亲骂过。

时间转瞬即逝,这天女孩来到空地时,发现少年手中多了把雨伞。见女孩过来,少年笑眯眯地把伞打开,转了两转。

女孩蹦跳着走上前,疑惑地问道:"也没下雨,你打伞做什么?"

"你看,我像不像一朵蘑菇?"

女孩打量了少年一番,点了点头。

少年取出一枚亮晶晶的戒指,说道:"愿君采撷。"

魔 术

　　魔术师最后一抖手腕，礼帽中飞出了十余只鸽子，随着他微微躬身致意，台下的观众热烈地鼓起掌来。

　　还不等正式散场，台下的女孩便小跑着回到家附近的巷口。魔术师就住在她家附近，在这里刚好能将其拦住。

　　少年路过巷口时，女孩跳出来，拦在他的面前。

　　"魔术师先生……那个……您能给我变一朵花吗？"女孩充满希冀地看着少年，双颊微红。

　　少年微微一愣，冲女孩笑了笑。他手指轻捻，一朵鲜艳的玫瑰凭空而出。

　　少女接过玫瑰，转身跑开。跑到家门口，她气喘吁吁地拍了拍胸口，喜滋滋地长舒了口气。

　　"他送花给我了！"

　　那天之后，每隔几天，女孩都会去看演出。每次演出结束后，她都会去巷口拦住魔术师问其要花。时间长了，魔术师便也常常与她聊上几句。

　　巷子口，少女又一次蹦到魔术师的面前。

　　"魔术师先生，我又来啦。"女孩轻声道。

　　少年如往常一般变出一枝玫瑰交给女孩，他陪女孩走了一段路，刚想说些什么，女孩却挥了挥手，蹦跳着跑远了。

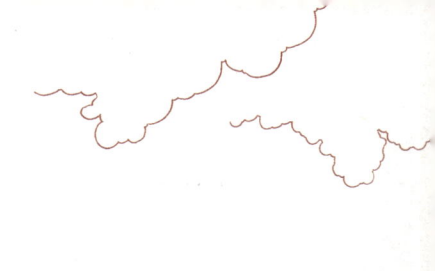

"他今天又变花给我了!"

转过街角,女孩有些激动地自语,随即又微微黯然道:"不过……"

"不过,花又是你自己要的,对吧?"魔术师的声音在女孩身旁响起。

女孩被吓了一跳,她只觉得自己的脸像是要烧起来似的,恨不得一瞬间找个地缝钻进去。她深吸几口气,抬起头,声音有些发颤:"那……那个,魔术师先生,您没走呀?"

魔术师有些支吾,一点红爬上了他的耳朵。他目光游离,轻声嘟囔道:"魔术师又不是魔法师,想变出花来……也是要提前准备的。"

狐 妖

"具体的使用方法，你记住了吧？"老和尚不放心地问道。

小和尚把师父交给他的钵盂小心翼翼地放入怀中，重复老和尚几分钟前才叮嘱他的话："触壁三次，指绕一圈，对准想要降伏的妖魔，轻道一句'收'便可。"

老和尚点了点头。

小和尚蹦蹦跳跳地出山而去。他一路玩耍嬉戏，在山间小路追着蝴蝶。路过一处滑坡时，他一不留心，脚底踩空了。

小和尚从山顶向下滚去，僧衣被树枝刮得破破烂烂的。他的后脑在即将撞到一块山石前，一只狐狸飞跃而来，化成人形将其拉住。

小和尚迷糊着站起来，好久才清醒。正不断道谢的他看到狐妖的尾巴，大吃一惊，急忙掏出了钵盂。

狐妖见状变了脸色，转身便跑，只是刚刚救小和尚时伤到了腿，怎么也跑不快。小和尚追在它身后，急得满头大汗。他敲了敲钵盂，指尖在碗口颤抖着滑了一圈。

"收！"

狐妖前行的步伐停住了，一道光从钵盂深处射出，笼罩在狐妖的身上。它愣了愣，被一股吸力强扯着后退。

"终于抓到你了！"小和尚长出口气，急忙将盖子扣在钵盂之上。

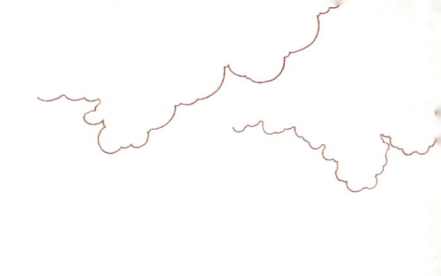

狐妖只觉得天旋地转,一瞬间便进了一处被铜墙铁壁包围的地方。它挣扎着站起来,强压着想吐的欲望,拍了拍面前的铜壁。

"该死的小秃驴,我真是看错你了,原来你跟那些人一样。"狐妖恨声说道,一拳打在铜壁之上,"老子救了你一命,你就这么恩将仇报!"

小和尚把不断颤动的钵盂塞入怀中,长舒口气。

"呔!"有雄浑的男声响起。执着一把长剑的剑客飞身到小和尚的身前,怀疑地打量其一番。

"你也是来追杀那狐妖的吗?"

"对对对!"小和尚用力地点头,随便指了个方向,"不过它太强,我和它斗法吃了亏,它往那里逃了。"

剑客的神情缓和下来,纵身一跃,向着小和尚指的方向追去。

待其远去,小和尚悄悄打开了钵盂。

"快逃!"他轻声道。

"那些自诩为正派人士的人,哼!"剑客追到山林尽头,也未见到狐妖的身影。他放松了紧绷的神经,长舒口气道:"没事就好……没事就好……"

大魔王不行了

峡谷后的沙漠便是魔王的大本营，魔王独自居住在那里，十几年来未曾外出。

镇子里最近都在传着大魔王年老力衰的流言，数名骑士听说后，决心借此机会建功立业。那天晚上，峡谷深处的爆炸声持续了很久才停下。数名骑士从峡谷逃了出来，匆匆忙忙离开了小镇。

小镇里又有了新的传言。

"大魔王不行了。"每个人都这么说着，"他真的不像年轻时那么强大了，现在的魔王，连前去讨伐的人类都杀不死了。"

又有几名骑士闻风来到了小镇，他们一致认为，魔王之所以苟延残喘到现在，是因为之前讨伐魔王的人水平不够。信心满满的他们连夜穿过峡谷，来到了沙漠的入口。

正无聊地蹲在地上堆沙子的魔王惊喜地站了起来，然而刚跑到骑士面前的他还没来得及说话，便被一道剑光逼退。

"啊啊啊！又是这样，气死老子了！！！"

魔王在沙漠里气得直跳脚，各种各样的魔法从他手中抛出，轰然爆炸，将几名骑士掀翻。这种事情显然不是第一次了，反射着阳光的各色琉璃几乎铺满了整个沙漠的入口。

魔王看着面前被吓得瑟瑟发抖的几个小子，怒火中烧。

"为什么又来杀我？"他问道。

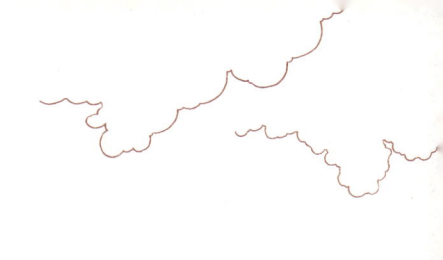

一名骑士擦了擦额头上的冷汗,嗫嚅道:"外面都在传……您年纪大了,实力不行了……所以……"

"所以你们几个就想来杀了我,取得荣誉?"

骑士点了点头。

"滚,都给我滚!"魔王一脚踹在骑士的屁股上,骂骂咧咧道。

骑士屁滚尿流地逃了,大魔王深呼吸几次,才终于平复心情。

他心疼地看了看被炸散的沙堡,摇身化为人类的模样,偷偷跟在几名骑士身后去了镇子。

"大魔王不想当大魔王了!"酒馆中,伪装成人类的魔王声泪俱下道,"他之所以一次次放过前去讨伐的人类,只是想和人类一起玩而已,求你们关心一下孤寡老人吧……"

"哼,这种话谁信啊。"酒保望着魔王离开的背影,不屑地撇了撇嘴。

"哎,你听说没,大魔王不行了。"他拍了拍身边人的肩膀,神神秘秘地说道,"这次的消息保证靠谱!"

"这次这么说,大家应该会接纳我了吧……"魔王喜滋滋地踢着石子,默默地想。

隧　道

"要不是你着急踩那一脚油门，追尾了，咱俩也不至于被埋在这下面。"男人看了看眼前已被堵住的隧道，心情抑郁，"小孩子开车真不靠谱。"

"对……对不起。"少年唯唯诺诺道。

他被男人从安全气囊中拖出来叫醒时，隧道已经在数小时前坍塌了。此时，混凝土与沙石混在一起，将隧道前后堵得很结实。少年的车还保持着完整，男人的车几乎整个被埋住，仅留后备厢在外。

男人盯着少年的脸，终究还是叹了口气，伸出手揉乱了少年的头发。

"孩子，不用怕。"他说道，"这么大的事故，外面的人肯定会立刻投入救援。车里面有食物和水，足够坚持到救援队找到咱们。"

时间转瞬即逝，被掩埋的第五天，少年萎靡地靠在车旁。

"大叔，你说死是什么感觉……"他问道。

"死了也无非就是变成鬼呗。"男人耸耸肩应道，"还能有什么感觉？"

"你居然相信世界上有鬼，看你这么乐观，真不像是迷信的人。"少年笑道，"如果我死在这下面，救援队能挖到我的尸骨送还给我父母，我就心满意足了。"

男人沉默了一会儿，说道："别想那么多，咱们又死不了。"

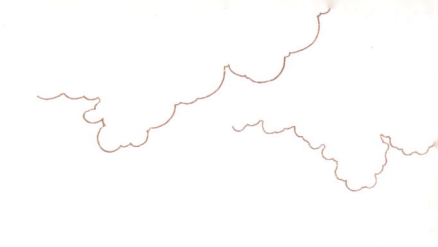

"喏，车上剩的最后一袋了。"男人从后备厢拿出一袋薯片扔给少年，"不知道救援队什么时候才能救出咱们，这袋你省着点吃吧。"

少年有些疑惑地望着男人说："你不吃？"

"你刚才睡觉的时候我已经吃过了。"男人回道。

"又这么说，你不会自己没吃，都给我了吧？"

男人翻了个白眼，说："你看看你那面黄肌瘦的样子，再看看我，不知道的人还以为是我抢了你的吃的。"

"也是。"少年耸了耸肩，撕开了薯片包装。

被埋在隧道的第七天，沙石微微松动，少年醒了过来。少年听到了嘈杂的声音，有阳光透过细微的空隙，照进了隧道。

他精神一振，急忙挣扎着回头，冲身后喊道："喂，大叔，咱们得救了！"

随着洞口变大，阳光偏移，照到了男人的身上。男人倚在车门边，冲少年笑了笑，散成了一缕青烟。

佛 像

少年每日都会到山脚的破庙中拜佛像,祈求菩萨保佑自己能找到使奶奶痊愈的灵草。为了给奶奶治病,他日复一日坚持采药,从不曾有过一句怨言。

又是一天过去,少年终于来到了最后一处自己从未探索过的区域。

岩壁上的缝隙中,一棵散落着点点星光的植物随风摇曳。少年面露喜色,急忙攀上岩壁,小心翼翼地将那植物摘下。

少年拿着灵草,与手中书籍上的绘图比对着,脸上的喜色越来越盛。他畅快地大笑,把灵草装进包裹,跑着去了最近的集市,用晚饭钱买了一篮水果。

破庙里,少年把水果摆在佛龛前的桌面上。

"多谢菩萨,我终于摘到了灵草。"少年说道,"在下无以报答,只能供些水果。"

他虔诚地拜了拜,自破庙退出。

"哈哈,我盯了你好几天了。"庙门口,山贼拦住了少年的去路,拍了拍身侧的刀柄,"把你手里的包裹交出来,兴许老子还能考虑留你一条小命。"

少年后退几步,抱紧了包裹:"寺庙周围你也敢做这种事情?!"

"寺庙?"山贼不屑地哼道,"你还真当这世界上有神佛啊?"

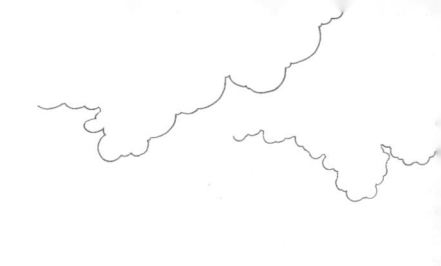

"怎么没有？"少年伸手指向山贼的身后，喊道，"你看那是什么？"

山贼一怔，急忙转身。他本以为会看到什么东西，然而他的背后空空如也，仍是一片山林。等他再回头时，少年已抱着包裹跑远。

"居然把老子给骗了！"山贼狠狠啐了一口，抽出刀追向少年。

刚跑出三四米，山贼只觉得脚下一滑，仰面摔倒。他眼睁睁地看着少年跑远，懊恼地看着脚边不知何时出现的香蕉皮，气得怒吼一声。接着，又一块香蕉皮不知从哪儿飞来，落在他的头顶。

破旧的寺庙中，原本立着佛像的地方，有一个和尚嘿嘿笑着，咬了一口手中的桃子。

想要成为的人

　　剑客手中的剑在空中荡出一片片残影，将逼近的强盗斩退。接着，他右足点地，猛地跃起，招架着直劈而下的刀光。

　　刀下的老人被救了下来，剑客继续突进，如入无人之境。那天，他中了十三刀，将镇子从强盗手中夺回。

　　接下来，强盗又发动了数次进攻，剑客在镇口盖了个小木屋住下，一次又一次将强盗击退。终于，一个月后，强盗放弃了镇子，销声匿迹。

　　剑客成了镇子里的英雄，每天都有无数村民前去拜访，表达对他的尊敬。他依旧住在木屋里，时不时教来客两招遇到强盗时防身的剑法。

　　镇子里有个少年，梦想着成为剑客这样的人，每日带着剑前来修行。剑客看他天资不错，便也乐得倾囊相授。时间一长，木屋倒成了镇子里最热闹的地方之一。

　　后来，镇子里建了家武馆。

　　有村民对剑客说："隔壁武馆家的师父，一手剑法可比你耍得漂亮多啦。"

　　"是这样的。"剑客承认道。

　　村民又说："说起来，你教的东西倒是确实能对付强盗，但总是这两招……"

　　剑客欲言又止，终于还是没说什么。他微微鞠了一躬，道："对不起。"

村民觉得无趣，耸耸肩走了。

渐渐地，来拜访剑客的人越来越少。到了最后，就只剩下每天修习剑法的少年和当初被剑客救下的老人。

这天傍晚，老人像往常一样拎着酒壶来到剑客的小屋，却没看到少年那熟悉的身影。

"今天就连那孩子也没来了啊。"老人坐在桌前，斟上一杯酒，推给了剑客。

"嗯。"剑客应道，"他昨天说，自己已经完全摸透我的剑法了，我每出一剑，他便能知道下一剑的路数。"

"这样啊……"老人叹了口气。

"挺好，这说明我想传达的东西，已经传达给他了。"剑客端起酒杯，一饮而尽，"他能受我的影响走上行侠仗义的道路，我很高兴。"

"孤独吗？"老人问。

"怎么会。"剑客笑着摇摇头。"我已经成为自己想成为的人了啊。"

英　雄

/////////

电话打了几次才打通。

"每次你们的快递都是最快的,为什么这次这么慢?"女孩问道,"说好的空运当日就能收件,可这都过去两天了。"

"真是对不起,您也算是老客户了,我们公司平时的工作质量您应该也清楚,这次实在是意外。"电话那头的男人抱歉地笑道,"最近世道不太平,很多员工都请了长假。没办法,什么事都需要我亲力亲为,效率自然就差了点。"

想到最近无论是网络还是电视中所传播的新闻,本来不太相信的女孩突然沉默了下来。

"是因为新闻里说的那些……妖怪入侵吗?"她开口问道。

电话里的男人笑了笑说:"嗯。"

"可是……可是怎么会呢,以前也没听说有这些东西存在啊。"

听筒里传来了叹气的声音,男人又一次道歉:"真的对不起,是我的工作失误。"

"啊,我不是不相信你们,毕竟新闻都播了。"女孩急忙解释道,"只是这件事真的有点颠覆我的常识,我一时间还不太能够接受。"

"我倒不是说这个啦……不过,还是谢谢你的理解。"男人说道。

"快递晚到一点也没关系的。"女孩拿着电话,憋了好久,说道,

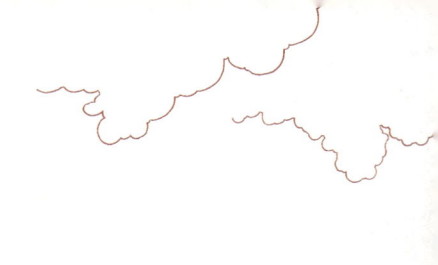

"要注意安全呀！"

一声"谢谢"后，电话挂断。女孩抬头看了看窗外车流稀疏的街道，心情有些忧郁。令她没料到的是，仅仅几十分钟后，快递便送到了她家门口。

"放心，那些怪物很快就会被解决掉。"看着女孩心情不佳的样子，男人安慰道，"有妖精，自然就会有齐天大圣之类的神仙呀。"

女孩的眼睛亮了起来，说："真的？"

男人点点头："真的。"

女孩的心情似乎变得好多了，她在快递单上签下自己的名字，又一次嘱托男人注意安全。

男人道过谢，转身下楼。走出楼道，他裸露在外的皮肤倏地钻出了金色的毛发。

身着锁子黄金甲，头戴凤翅紫金冠，足踏藕丝步云履，男人从耳朵里拽出金箍棒，一招将身边迫近的小妖打了个灰飞烟灭。

"真是影响工作效率。"他眯起眼睛，看向远处的妖王，声音中隐着不耐烦。

"吃俺老孙一棒！"

长 大

"一把木柄手斧（小号），这就是我最想要的礼物。感谢您的慷慨，祝您圣诞快乐。"

圣诞老人看着手中的心愿卡，撇了撇嘴，摘下了头顶的红帽子。他将心愿卡放下，又捡起了一张背后画着卡通麋鹿的心愿卡。

"一把铁锯子，小号。"圣诞老人挑了挑眉毛，出声念道，"这些孩子今年怎么回事，改行当木工了？"

他在那几十张心愿卡中翻来找去，最终只翻出少数以娱乐为主的礼物。

"孩子们都长大了。"圣诞老人感叹道，"几年前还是除了玩具汽车其他都不要的孩子呢。"

街道上，彩灯闪烁着光芒。巨大的圣诞树立在广场中心，上面挂满了小饰品。皑皑白雪铺满地面，银装包裹了整座城市。

圣诞老人驾着麋鹿雪橇车从空中掠过，不时降落在屋顶。他手中拎着袜子形状的礼品袋，蹒跚着从烟囱钻入屋子，蹑手蹑脚地推开孩子卧室的门。

床铺上空空如也。

圣诞老人紧张的身子放松下来，脸上挂着的笑容也淡了下去。他耸了耸肩膀，双手有些无所适从地垂在裤子两边，轻声道："原来没在家啊……"

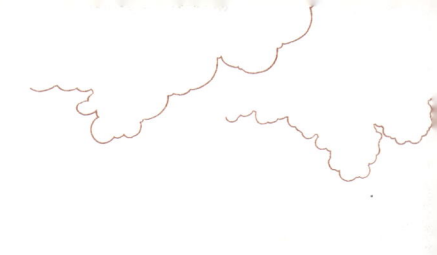

"也是。"他把礼品袋放在冰冷的枕头旁边，幽幽地叹了口气，"孩子们都长大了，对于这些可有可无的礼物，自然不会像小时候那样期待了。"

他怅然若失地离开，前往下一个孩子的家。到那儿之后，所遇到的情景依然如此。

圣诞老人穿越了大半个城市，最终回到了自己的木屋。安顿好麋鹿后，他掏出了木屋大门的钥匙。门没锁，他停住了动作，双眼微微眯起。

"我倒要看看是哪个小贼，竟然偷到我头上来了。"

拉花礼炮在门口炸开，城里的孩子们站在门口，小脸通红，也不知是冻的还是兴奋所致。

一辆做工粗糙却崭新的雪橇车立在屋内，圣诞老人几小时前刚送出去的工具散落在一旁，车上的涂料还未完全干透。

圣诞老人怔了怔，眼睛笑得眯成一条缝。

"孩子们都长大了。"

这是今夜第三次，自他嘴中说出这句话。

白衣天使

"今天不把主治医生交出来,这家医院以后别想开了!"男人挥动着手中的刀,"我好不了,你们谁也别想好!"

院长擦了擦额头上的汗,道:"你先冷静冷静,这件事也不能全怪医生。"

"我冷静?"男人冷笑道,"我爸进来的时候还好好的,这才几天时间,人就没了?!"

"对!"拿着红色条幅挥舞的人们附和道,"事实都摆在眼前了,还说不是医院的责任?"

人们蜂拥着向前,挥舞手中的棍棒砸碎了医院的玻璃。年轻的女护士被吓得尖叫,缩在墙角瑟瑟发抖。

不知谁手中的一根钢管打着旋飞过,眼看就要打到护士脑袋时,那个刚刚来医院实习的少年闪到护士面前,将钢管接了下来。

他抬脚,踢开了冲在最前面的男人。

"行了,差不多得了。"少年无奈地耸肩,摆手道,"事情到底是怎么回事,你自己心里不清楚吗?"

男人捂着胸口站稳,怒骂道:"你算个什么东西?"

少年哼了一声:"你又算个什么东西,自己的父亲过世了,也要借机闹一闹,发上一笔横财,还有人性吗?"

男人的脸涨得通红。

"不论这些,你一个大男人带一群流氓跑来欺负这么可爱的姐姐,害臊不害臊?"少年鄙夷道,"我们可是白衣天使呢!"

"白衣天使?这个世界上有个屁的天使!"男人喘着粗气冷笑道,"要真有天使,说我错了我也就认了,但你也配?"

接着,他气急败坏地怒吼一声,挥刀捅向少年。

男人的身前光芒万丈,圣光普照下,少年的背后钻出一对翅膀,挡在胸前,卡住了男人手中的刀。

"说实话你又不信。"少年道,"可我真的是天使啊!"

女 兵

新的征兵季到了。

城中军备处门口聚集了数十人。他们说笑打闹，显然是刚刚结识，新鲜感还未完全消失。但也并非每个人都是如此——街边的拐角处，有一人与所有人都无交流，其身形瘦弱，用兜帽遮住了半张脸。

有卫兵自军备处出来，随着一声军令，气氛变得肃穆起来。

将军步伐坚定沉稳，自军备处走出，双眼扫过一个又一个人。走到街角时，他停住脚步，掀起了那缄默者的兜帽。

"女人也要参军？"将军看着她的脸庞，毫不留情地嘲笑道，"身体这么孱弱，能干什么？"

"男人能干的，我都能干。"女孩直视着将军的眸子，"男人干不了的，我也能干。"

将军嗤笑一声，但国家既然没有女人不准参军的法律，女孩的存在对战局也并不会有什么影响，他便也抱着无所谓的态度不再理会。

三个月后，战争开始。沙场上，将军驾驭战马领兵而上。这次的敌人格外凶猛，即便是他，也颇感吃力。

空气摩擦的尖利声传入将军的耳中，他回头，箭头已到了眼前，来不及躲避。

金戈相交，女孩一剑将其斩断。尽管箭头仍斜着刺穿将军的面颊，却终究留下了他的一条性命。

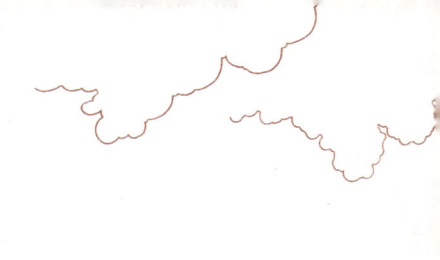

"说不了话了？"女孩莞尔一笑，接着扬剑怒吼，"将军的嘴受了伤，吩咐我代为指挥！"

　"突袭右翼！"

　战场混乱，所有人都看到将军在女孩身边，便都不疑有他，向敌方右翼杀去。半小时后，战役大获全胜。后来，女孩指挥了整场战争。她与将军配合无间，二人出生入死，为国家立下了汗马功劳，一切恩怨也烟消云散。

　三个月后，战争结束，将军向女孩求了婚。

　新的征兵季又到了。

　"将军，今年的参军名录上，多了很多女兵，您看……"

　"女兵？"将军腾地站了起来，"好啊，好啊！有了这些女兵，国家中兴有望！"

　一只纤细但有力的手拧上了将军的耳朵，女孩微眯着眼，杀气腾腾。

　"女兵有我一个，还不够国家中兴的吗？"

小　贼

少年轻手轻脚地攀上行官的院墙，翻了进去。

院内如他预料般静谧，这里虽住着皇亲国戚，却不如皇官那般守卫森严。整座行官内仅有几名家仆、侍卫仍然醒着。少年穿行在树丛间，小心翼翼地绕开巡夜的人，走到官门前。

他把官门打开了个缝隙，钻了进去。

一把剑抵住了少年的下颌。

"大胆毛贼——"清脆的女声响起，"哎，你竟然还敢还手?！"

几秒钟后，少年被踩住胸口按在地上，利剑抵着咽喉，眼眶边也多了一块青紫。看着少年可怜巴巴的样子，公主却有些不忍心了。

她弯下腰，眯起眼睛打量了少年一番，然后突然笑出了声："你武功这么烂，还做什么贼？"

少年本被盯得耳朵发热，听了这话，却挣扎着坐了起来，哼了一声。

"盗术又不在于功夫！"他不忿道。

公主扬了扬眉毛，把剑收回。

"我要你帮我偷一样东西。"她说道，"你不是说自己盗术超群嘛，工部尚书家里的账本，我倒看你敢不敢偷。若你能做到，我赏你黄金百两。"

少年深深地看了她一眼，身形一闪，便不见了人影。

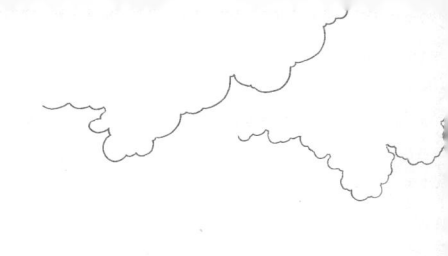

公主本是随口一说，没想到三天后，账本竟然被少年带来。贪污的证据被呈给皇上，工部尚书被传审，不到一周的时间，他便被打入了天牢。

"你再帮我偷样东西。"公主把装着金子的包裹交到少年的手上，说道。

少年拽了包裹几次都没拽动，只好无奈地应承了下来。

那天之后，少年帮公主偷了很多东西，上到敌军密信，下到她爱吃的零食。少年本人也从公主的贴身侍卫一路升到将军的位子，凭借一身来无影去无踪的功夫，为国家立下了汗马功劳。

又一天，大胜归来的男人敲响了公主的房门。他望着公主的眼睛，单膝跪地道："臣有一事相求，还望公主答应！"

"你先帮我偷一件东西。"公主将男人的话打断，"到父皇宫中。"

男人的眼中闪过一丝失望，但还是点了点头。几个时辰后，男人拿到了公主所说的箱子。他将锁扣撬开，鲜艳的大红色映入眼中。

一个绣球。

男人一怔，还不待其反应，便听到了身后公主脆生生的声音。

"你所求之事，我准了。"

海 盗

"船长，再往前走几海里，就是人鱼居住的地方。"大副皱着眉头，提醒站在船头的男人，"据说她们的歌声可以瓦解任何人的意志，咱们的船员虽然意志都很坚定，却也说不准究竟会不会陷入其中。"

男人所在的船是一艘私掠船，也就是俗称的海盗船。与其他海盗不同的是，男人并非依靠烧杀抢掠过活。

"世间无人认主的珍宝那么多，不同大陆间的商机那么多，为什么非要依靠武力来夺取财富呢？"这是男人组建船队时所说的话。不过人生终究不会一帆风顺，总有些事与愿违的情况会发生，例如现在。

"没有其他路径可以上岛了吗？"男人不死心地问道。

大副摇了摇头："实际上，整座岛都被包含在人鱼生存的范围之中。"

"之前的努力不能白费，再说了，咱们不是也'据说可以取得任何宝藏'吗？"男人的目光重新变得坚定，"进发吧！"

船行到半程时，夜幕如期降临，人鱼的歌声渐渐响起。波涛翻滚间，一只小人鱼钻出了水面。船员心神震撼间，已将船舷处的火炮架出。

"不要！"

千钧一发之际，男人阻止了船员的动作，自己则亲自握住了船舵，操控着船前行。小人鱼惊奇地看了男人一眼，潜入水中。

船行驶了三天三夜，其间不时有人鱼前来袭击。这天夜里，小人

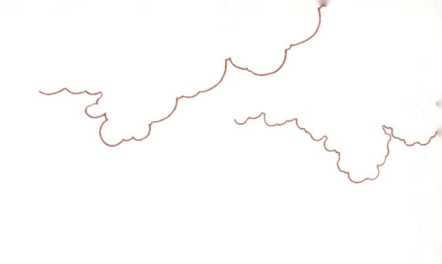

鱼再次出现,并登上了甲板。

"你和其他人不一样。"小人鱼的眼中满是仰慕和好奇,"你很强大,却不会杀戮我的族人。"

"但我的族人不会允许你们上岛的。"纠结了一会儿,她叹气道,"回去吧!"

男人摇头。

小人鱼咬了咬牙,转身跃入海里。那天之后,她两边斡旋,直到被不耐烦的族人当作通敌者通缉。被抓之前,她放弃逃生的机会托鱼群送了口信给男人。

那是一首凄美的歌,歌的最后,留下了对男人来说至关重要的信息。

"他们分心审判我的这段时间里,你可以从暗礁边缘上岛,拿了宝藏,就快逃吧。"

那次探宝的结局没人知道,人们只听说,船队受了重创,退出了那片海域。几天后,港口的酒吧中,终于有水手忍不住买了瓶朗姆酒,递到男人面前。

"所以……你们到底取到宝藏没有?"

"人鱼的歌声确实能瓦解任何人的意志。"男人笑道。

"宝藏嘛……"男人捏了捏身边女孩的手掌。"总有比金子更重要的宝藏。"

高 手

　　城西有家客栈，客栈的老板娘据说是个高手，一套掌法练得出神入化，无论何人在其面前都过不了三招。

　　一开始自是有人不信，然而那客栈开了几年，就有几个颇有名的武者前来切磋，最后都铩羽而归。

　　时间长了，附近的高手们知道这是块硬骨头，都很自觉地不去啃。但即便这样，偶尔也挡不住"过江龙"的不知深浅。

　　此时便是如此。

　　盗贼首领听了手下被打过程的描述，颇为不屑。在他看来，那客栈老板娘虽然会点功夫，但也只能打打这些喽啰。

　　"我都说过不要给我惹事，你挨打也是活该。"首领毫不留情地训斥着，接着，又冷哼一声，"不过这女人竟敢在我头上动土，那也就别怪我拿她立威！"

　　转念间，首领便已决定前去讨伐。

　　客栈门前，盗贼首领一边问着身边被打得鼻青脸肿的人，一边挽起了袖子。

　　吧台后正在账本上写写画画的男人一见势头不对，急忙迎了上来，讨好道："几位豪杰，小店打烊了。"

　　首领本就怀着闹事的心思，此时毫不留情，便扇了一耳光上去。

　　"唉。"男人突然叹了口气。

他毫无力气地抬手,卡住了首领的手腕,一转眼,掌心已印上胸口,将其打飞出去。

"还打吗?"男人问道。

盗贼首领惊恐地吐出一口血,先是猛地摇头,接着欲言又止。男人一眼便看出他的心思,无所谓地说道:"问吧。"

"大侠,小的有一事想不通。"首领小心翼翼地说道,"您的武艺如此高强,为何甘愿屈居人下呢?"

男人眉毛一立,说:"放你娘的屁,屈居人下?这家里,什么时候轮到她……"

两根手指贴上了男人的耳朵,狠狠一拧。

"不去干活,在这儿堵着干啥?"

男人瞬间变了脸色。他急忙转身,讨好地站在女人旁边。

"老婆,刚才你打跑的强盗又回来了!"

老板娘的眼睛一亮,耍着三脚猫功夫冲了上来。

"不准还手。"男人如鬼魅般跟着她的脚步,闪身到强盗首领耳侧,不自然地清了清嗓子。

"还有……老子这可不是怕老婆,你要敢说出去,你就废了。"

刀 客

"你别跟着我了,行吗?"

"喂,你没听到我说的话吗?别跟着我了!"

一个时辰前,隐匿身份随商队出行的刀客从强盗手中救下了女孩。

严格来说,刀客其实也并不是什么善茬,只是他良知未泯,看那商队尸横遍野后,不忍心再见到那个孤零零的孩子也死在面前。

"在这世间,只要你有绝对的武力,就可以拥有你想要的一切。"直到说出这句他自认为很帅的话的时候,他还在为自己的所作所为而自豪——虽然这自豪感仅仅持续了不到半炷香的时间。

刀客本是随性而为,却没想到这小孩把他当成了救星,缠了上来。

"我不是慈善家,没兴趣帮你一次又一次。"几次三番的警告后,他终于忍不住抽出刀,指着女孩的脸,说道,"你要是再跟着我,别怪我不客气。"

"我要学刀术。"

"我说话你听不懂吗?"刀客板着脸道,"女孩子家家的学刀术做什么?"

"我要学刀术。"

"你别逼我动手啊!"

刀客瞪着女孩,女孩也盯着刀客。终于,刀客还是没能忍心,任

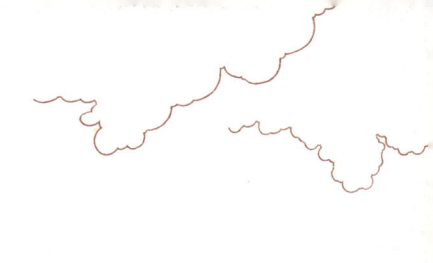

由女孩跟在身后。那天起,天下第一刀有了个女徒弟。

既然收其为徒,刀客也不藏私,一身武功自是悉数相传。十几年过去,女孩出落成少女,刀技也越来越精湛,到了后来,甚至能和刀客平分秋色了。

这天夜里,少女敲响了刀客的门,她说:"师父,我要和你比武。"

刀客瞪大了眼睛,即便诧异,还是举起了刀。

天下第一刀败了。

刀客咳出一口血,把刀递给少女,说道:"以后你就是天下第一刀了,喀喀……在这世间——"

"只要你有绝对的武力,就可以拥有你想要的一切。"女孩接话道。

刀客听到这句自己年轻时的口头禅,不禁打了个冷战:"我不是要说这个,这个太自以为是了……"

"我想拥有你。"女孩说道,"所以我学刀术。"

刀客愣了下,目光飘忽着把头偏开。

"其实不用把我打得半死的……"

谪 仙

"我可是谪仙。"少年煞有介事地对老道士说,"你这小破庙只要有我进驻,成为名门望派,指日可待。"

老道士眉毛都没抬一下,关上了门。

少年愣了一下,随即恍然大悟,心想这老道士术法不精,连他的天赋都看不出来。他重新敲门,从怀中掏出一块玉佩,晃了两晃。

"这块玉佩蕴含仙诀,但凡修道之人——"

这次少年连话都还没说完,门就又一次被重重关上。

"道长,我卜算天机,发现若想重登仙境,一定要拜您为师。"少年单膝跪下,第三次敲开了门,"小徒之前不守礼数,实为大过,还望您大人大量,不要计较。"

老道士道:"滚去给我泡壶茶。"

"老头,等我恢复法力了,非得让你给我擦鞋。"少年愤愤不平地嘟囔着,却还是拿起了茶壶。

就这样,少年算是正式拜了老道士为师。

老道士看上去不修边幅,实际上术法一点不差。少年天资本就超越常人,一番训练之后,竟在短短几年间连连突破。只是锋芒毕露未必就是好事,少年是谪仙的消息,不知怎的在江湖传开,觊觎他身上宝物的人也逐渐多了起来。

这天夜里少年回到道观时,老道士正拿着铲子挖坑。坑边上是一具穿着魔教服装的尸体——这已经是少年第八次看到这样的场景了。

"我说老头,你一个修道之人,杀气怎么这么重呢?"少年没大

没小地说道。

老道士眉毛一竖:"目无尊长,罚你闭关七天。"

这种情况常有,只是少年万万没想到,这次却与往常不同。

三天后,数十派系的妖魔围攻青城山,老道士仍是那副不修边幅的样子,以一敌百。大战持续了三天三夜,鲜血染红了观墙,却没有任何妖魔能打搅到少年分毫。

少年出关时,老道士似是终于力竭,身形一顿,不知道受了多少攻击。

"老头!喂,老头……你别死啊……你还没见证我升仙,给我擦鞋呢……"

"老头……"

少年抱着老道士,他只觉得那身躯轻如鸿毛,似乎随时会随风飘散。

他擦干眼泪,怒发冲冠。那一天,青城山雷霆万钧,狂暴的天劫吞噬了所有妖魔,也吞噬了老道士的遗骸。

少年终于升仙,只是老道士不在了。

"上仙,我带您去见老君,凡是修道之人,都得在他那儿报到一下。"仙官小心翼翼地对少年道,"您虽然直接登临一品,但这规矩总是要守的。"

少年桀骜地推开了兜率宫的门,丝毫尊敬的意思都没有。

"滚去给我泡壶茶。"太上老君的声音从宫内传来。

少年下意识地点头哈腰道:"好嘞!"

猎 妖

"猎妖师是一种很危险的职业。"

少年拜师前，他的师父曾经这样告诫过他。那时的他初生牛犊不怕虎，毅然决然地投入师门，丝毫没考虑可能有的后果。

少年看着手中的罗盘指针转动，变得兴奋起来，这是他出师以来唯一一次探测到妖的踪迹。现在早已不是上古时期百妖共鸣的年代，作为这个职业极有可能的仅剩的传人，没见过真的妖，简直要成了少年的心病。

然而他追着罗盘上指针所指的方向不知跑了多远，却始终连妖精的影子都没见到。

路边的茶铺旁，少年停下脚步，讨了一碗水喝。

同和他坐在茶铺中的，还有一个面容精致的女孩。她看着少年掏出罗盘，好奇地坐了过来。

"现在哪儿还有什么妖了。"听完少年的叙述后，女孩笑道。

"可是，罗盘刚刚真的显示了呀。"少年看着手中指针已经不动了的罗盘，苦恼地挠了挠后脑勺儿，"大妖会隐藏自己的气息，罗盘未必能测到，但小妖是绝对藏不住的。"

"要不，我陪你找找？"女孩眨了眨眼睛。

少年终归是孩子心性，有美人相伴，自然也不在乎什么妖不妖的。二人一路游山玩水，转眼便过去月余时间。

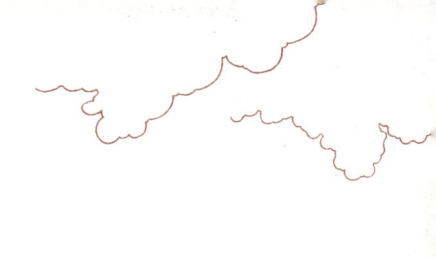

路过又一座小镇后,少年二人被拦了下来。

少年看着面前同样拿着罗盘的男人,先是惊喜了一下,随即警惕起来。男人眼中露出的贪婪让少年心惊,他下意识地站在了女孩的身前。

"分享一下吧,你一个人吃不下她的。"男人笑道,"天分这么好的妖,一定能炼出极品的丹药。"

少年一愣,随即想起那固定不转的罗盘,隐约意识到了什么。

他深深望了女孩一眼,咬牙道:"你快走。"

随即,他抽出了腰间那柄久不出鞘的剑。

"猎妖师是一种很危险的职业,当初师父这么告诉我的时候,我还不信。"少年被女孩搀扶着,一瘸一拐地说道,"没想到这里的危险,居然来自同类。"

"不过咱们终于算是逃脱了。"少年笑道,"没想到竟然这么轻松。"

数千米外,身着白袍的老狐妖恶狠狠地踹了一脚眼前的猎妖师。

"公主跟着那个人类,不会有什么事吧?"狐妖身边的妖精有些担忧地问道。

猎妖师是一种很危险的职业——不过偶尔也有例外。

"什么那个人类。"老狐妖转头瞪了一眼,"公主吩咐了,要叫驸马大人。"

至 尊

"去把我的刀拿来。"一脸凶相的男人恶狠狠地说道。

男人是城中最大的恶霸,十年前,他的父亲和儿子被城里原本最大的帮派杀害。悲痛欲绝的他单枪匹马杀入敌阵,斩杀十数帮众,最后将帮主毙于刃下。

那之后,男人便聚起一群当初被欺压的人,接手了地盘,干了黑帮的活计。

说是黑帮,男人等一概帮众倒是从来不欺压弱者。保护费固然收着,但也真的保护了城中的商户。数年间,他们不止一次将入城偷袭的盗贼赶出城去。

男人很少拿刀,复仇之后,即便是和山贼打得最火热的时候,他也没拿过刀。然而现在面对打了一个普通老人的混混时,他却突然怒不可遏。

男人一脚踩在混混的胸膛上,对身后的人喊道:"去把我的刀拿来,他用哪只手打的人,我就要砍他哪只手。"

身后的人纷纷劝道:"大哥,算了算了。"

一番劝阻下,男人终于松开了混混。

所有人都散去后,老人先是谢过男人,然后悠悠叹气道:"唉,要不是老朽我金盆洗手了,哪还用得着你帮我出头。"

"哼,你以为你是武林至尊啊?"男人嘲笑道,"还金盆洗手,真把自己当成个人物了?"

虽然嘴上这么说,但那天之后,男人却天天到老人的铺子里晃悠。老人每天指着墙上挂着的刀说自己曾经是高手,可一遇到事却总往男

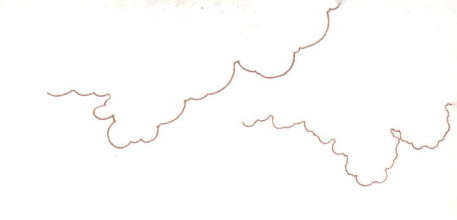

人身后躲。

转眼三年时间过去，这天清晨，男人来到老人的铺子里时，带了一身的伤。

"老头，这回老子可罩不了你了。"男人苦笑道，"这次这群人可不是以前那些山贼能比的，这可是正儿八经的大内高手。这小破城从荒凉之地变成边疆明珠，朝廷想要摘桃子，也是正常的。

"不过你别怕，我虽然不能罩着你了，但我就算是豁出命去，也不会让朝廷踩在你们头上！"

"去把我的刀拿来。"老人道。

"别闹了。"男人笑了笑，抽出了自己许多年未曾出鞘的刀，转身向铺子外走去。

老人起身拿了刀，经过男人身旁时，将他按在凳子上，笑道："算了，算了。"

接着还不等男人反应过来，老人已携了刀出门。

"前辈，您不是金盆洗手了吗？"门口一众大内高手见到老人大吃一惊，纷纷拜倒在地。

"我是不是武林至尊啊？"老人扬起嗓子，用在屋内也能听到的声音问道。

众人面面相觑，冷汗渐渐下来了。

"都给老子说！"

"是！"

士 兵

"这封信……能请您送给将军吗?"女孩小心翼翼地把信件递到士兵的手中,轻声问道。

还没等士兵反应过来,她又有些焦急地解释道:"我知道我的请求有点唐突了,但请您相信我,我是没有恶意的!"

士兵皱着眉头,捏了捏手里被纸张裹得严严实实的信件。他再三确认其中没有淬了毒的匕首一类的东西后,才缓缓开口道:"照理说,这种要求是不被允许的。"

"不过在确定无害后,"士兵和善地笑了笑,"我似乎也没什么理由拒绝像你这么漂亮的姑娘的请求。"

他对女孩点了点头,拿着信,转身进了营帐。隔了大概一炷香时间,他又拿着回信走了出来。姑娘略显羞涩地接过信,转身跑远。他则极目眺望着姑娘逐渐变淡的背影,直到其彻底消失。

"怎么,动心啦?"士兵身边的战友调侃道。

"哪有,"士兵的双颊微微扬起一抹红色,"就算我有意思,人家哪能看得上我啊。"

尽管嘴上这么说着,女孩第二次来到军营时,士兵仍表现出十二分的热情。接下来的半年时间里,他一次又一次替姑娘跑腿,连将军都熟悉了他的名字。

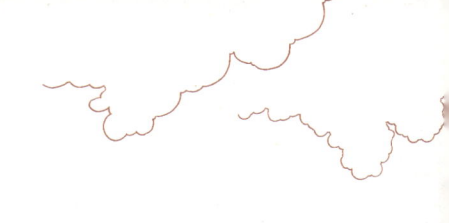

他甚至开始告诉女孩军人喜欢什么，来帮助她追求将军——例如烈酒。第二天女孩果然带来了上好的酒，虽然不是烈酒，却是他最喜欢的那种，而幸运的是，女孩顺手分了他一坛。

　　女孩又一次将信件送到士兵的手中时，神情多了一丝不自然。士兵很清晰地感受到了这一点，无论是比以往每次都正式的盛装，还是精心涂抹的妆容，都意味着女孩将要做出什么重要的决定。

　　例如表白。

　　他如往常一般把信带给将军，然后站在一旁等待。

　　"那么漂亮的姑娘，肯定是喜欢将军的啊。"士兵看着将军的笑意，心中有些酸涩，"我只是一个普通人，怎么敢生出觊觎的心思？"

　　将军突然道："怎么样，她很漂亮吧？"

　　"嗯。"站在一旁的士兵下意识应道，然后猛地回过神来，急忙摇头，脸涨得通红。将军哈哈大笑，将信封一股脑儿扔给了士兵。

　　士兵疑惑地打开，然后愣住了。

　　"哥哥，你说不让我随便来找你的……但是你卫队里的那个士兵真的好帅！"

雷 神

或许因为雷神在天庭中负责惩罚罪恶，他的名声始终建立在威严的基础之上。据说每当他路过一个地方，当地的群妖就要胆战心惊一番。

小狐仙和她的奶奶也是群妖中的一员。

雷霆大雨，小狐仙的奶奶又一次抱着她躲在桌底，瑟瑟发抖。小狐仙望着雷霆中的影子，不顾奶奶之前的劝说，挣开怀抱，跃上前去。

雷神刚要挥动钉锤，一个小小的人影拉了拉他衣服的下摆。

雷雨暂时停了下来。雷神望着眼前的小不点，诧异地问道："你不怕我？"

小狐仙点了点头，又摇了摇头。

"雷神哥哥，你能不能不要再打雷了呀？"她怯生生地开口道，"奶奶年纪很大了，我不想她被吓到。"

雷神挑了挑眉，还没来得及答话，便有一位老人冲到了他的身边。

那老人伸手拉住小狐仙，一起跪了下来，头低到地面，颤巍巍道："大人，孩子童言无忌，请不要和她一般见识，要怪，就怪老身没教育好吧！"

言尽，好长时间，也没再听到雷神的声音。小狐仙偷偷抬起头来，发现雷神早已不见。

一道闪电划破天空，小狐仙刚要捂上耳朵，却听到了阵阵清脆的铃声。

如果有一天，你听到如风铃轻摇般的雷声，那附近，一定有只小狐仙。

驸 马

任谁也没想到,为了躲避国王安排的婚约,平时逆来顺受的公主离家出走了。

她穿越半个国家,来到了荒原中的城堡。那里住着一条巨龙,力量强大,王国里最强的勇士在他的手下也撑不过一个回合。

大概是孤独的日子过得腻了,巨龙没多问什么便收留了公主。他开始时常化为人形到附近的城市为公主购买日用品,话也渐渐多了起来,每天给公主讲着外面世界的故事。

世界上没有不透风的墙,仅仅半个月后,公主住在巨龙城堡的事情就传入了王宫。国王震怒,张榜布告天下,谁能夺回公主,谁便可以成为驸马,享尽荣华富贵。

"公主?"揭榜的人笑道,"谁在乎她长什么样。她是独生女,娶了她以后就是国王,即便她长得丑,等我掌权了不也是想纳多少妃都可以的吗?"

几小时后,揭榜之人在城边草丛中被发现,已不省人事。与此同时,巨龙也彻底断了劝公主回家的心思。

重赏之下必有勇夫,短短几天时间里,巨龙打发了一批又一批所谓的勇士,但一不小心,被人斩中数剑。

"你怎么弄得一身伤?"公主心疼地问道。

"外面好多人,以为是我绑架的你,想要救你回去。这本来是好事,可他们也不听我解释，上来就动手，我就和他们打起来了。"巨龙傻笑道，"对不起，耽误你回家了。"

公主沉默了一下，低声道："我不想回去。"

巨龙收起了笑容："那就不回去。"

一个月的时间转瞬即逝，城堡仍未被攻下，甚至到后来，连附近的山贼强盗也加入狙击巨龙的队伍，巨龙受的伤也一天重过一天。

这天清晨，军队包围了城堡，巨龙望着城墙下训练有素的士兵，目光坚定，已经有了赴死的决心。

"他们都是来抓我的吗？"公主躲在巨龙身后，声音颤抖着。

"别怕，"巨龙挥动翅膀，纵身一跃，"有我在，谁也抓不走你。"

将军站在巨龙面前，却没像巨龙想象中那样抽出利剑。

将军清了清嗓子，扬声道："国王下旨，收回布告，驱逐一切屠龙者，安抚伤员。"

"以及，陛下虽然严厉了些，但仍希望公主殿下能够幸福。"他笑着冲巨龙眨了眨眼，"尽管从没有过这样的先例，但由巨龙作为继任者……或许也没什么不好。"

剑　痕

　　边关战事越发紧张，男人被征入伍，成为一名新兵。

　　临行前，他留下了遗书，还给隔壁青梅竹马的女孩写了信。本想过段时日就向女孩表白的他，此时也没了机会。他将信顺着女孩家的门缝塞进去，转身离开。

　　走到半路时，男人听见有人呼喊自己的名字。他转过身，发现了气喘吁吁的女孩，女孩的鞋都跑丢了一只，脚底被石子划得尽是血迹。

　　"我等你回来娶我！"女孩喊道。

　　男人张了张嘴，想说些"找个好人家，不要被我耽误了"之类的话，却终究只是点了点头。

　　战争残酷，男人在第一场战斗中便负了伤，要不是有同袍拼了命地保护他，只怕他早已不在人世。接下来的十年里，他一次又一次游走于生死边缘。死神的镰刀无数次贴上他的喉咙，他却无数次幸运地与其擦肩而过。

　　敌军逐渐败退，男人的军衔也越来越高，最终坐上了军队的第一把交椅。

　　这天日出时，战鼓轰鸣。男人领兵直冲入敌军腹地。斩下敌军将领头颅的那一瞬间，敌方士兵的剑，也径直刺向了男人。

　　男人身边的士兵纵身一跃，挡在男人的身前。利剑贯穿其胸膛，又刺中男人，却只剩下很小的冲击力。

////////////

男人被掩护离开，失去指挥的敌军自乱阵脚，被打得落花流水。

战争胜利，边关就此安定下来。男人在战场搜寻了很久，也没找到救他的那名士兵的尸体，只好痛哭一场，立一座碑，以示祭奠。

男人得厚禄高位，衣锦还乡。回乡那天，他推开迎接的人群，径直跑向女孩家中。时间在女孩的脸上留下了痕迹，淡淡的皱纹刻在了她的眼角。她听到脚步声，抬起头，眼中闪烁着微微惊喜的光芒。

男人向女孩求了婚。

洞房之夜，男人欲解女孩衣带时，突然被抓住了手。

"不要嫌我丑。"女孩双颊通红。

男人笑道："怎么会。"

女孩收回了手，男人继续着动作，然后猛地一顿。

女孩的胸口，赫然是一道刚刚愈合的剑痕，再往下，是在无数战役中留下的旧伤。

流 氓

"干什么？"青年大大咧咧地靠在酒馆门框边，"喝了酒，不付钱就想走啊？"

还未出酒馆的几个人看见青年，不禁打了个冷战。刚刚还说要赊账的他们急忙把钱掏了出来，递到青年的手中，也不敢多言，灰溜溜地走了。

青年掂了掂手里的钱，走到柜台边，说道："这是刚刚那几个人的酒钱。"

"那群人是流氓，这一个也不是什么好东西。"青年身后，有酒客小声提醒身边的人，"老板，你可得小心这个人把你女儿骗了。"

青年的耳朵动了动，转过身来，在桌子上重重地拍了一巴掌，冷哼道："那几个也配叫流氓？"

"流氓是要强抢民女的。"青年转过头来，冲女孩嬉皮笑脸道，"对吧？"

酒客被吓得一缩脑袋，女孩却扑哧笑出了声。

"就你把它当成了荣誉。"女孩笑道，又把脸一板，"不要在我店里吵吵嚷嚷，打扰其他客人喝酒。"

青年在镇子里的风评并不好，他虽不欺行霸市，却终日游手好闲，对谁都不尊重，也不服任何人管教。而他的父亲是镇守边关的名将，待人和蔼，相比之下，自然便更显出了他的顽劣。

///////////

然而女孩却从不似其他人般瞧不起他。她总能说出青年的各种优点，劝他与人为善。青年虽从不听劝，却也知道投桃报李，数年来，明里暗里帮女孩解决了不少麻烦。

夜深了，大多数客人离开后，女孩意外地发现，平时早早便走了的青年，竟留到了最后。

"我要去参军了。"青年说。

女孩展颜一笑："怎么，想通了？准备改邪归正了？"

青年声音低沉："我可能不回来了，前几天的一场战役里，我父亲受了伤，他老了，需要有人接班。"

女孩怔了怔，只是笑着祝福。

时光荏苒，三年时间眨眼过去。三年来，边境战事胶着，敌军甚至占领了小镇，一时间，所有居民都生活在水深火热之中。

直到一天前，奇兵天降，将小镇收复。一片欢声笑语间，镇子的居民却发现这支战斗力超强的军队几乎人人散漫自由。

"这群人是怎么做到的？"酒馆中有人不解，"这副吊儿郎当的做派，没比之前那群流氓好到哪儿去啊。"

"哼，这也配叫流氓？"

女孩闻声猛地抬起头，一脸胡楂儿的青年拿了束野花，嬉皮笑脸道："流氓是要强抢民女的。"

山 妖

　　镇口的老头已经在这儿住了数十年了。

　　很久之前,镇子里就流传着山妖的传说。据说那些山妖面貌丑陋,喜捕儿童,吸食脑髓血液,又抛尸荒野。那段时间里,镇子中几乎人人自危,不断有人搬走。到了后来,原本有数百户居民的镇子,只剩下了几十人。

　　直到那位英雄的到来。

　　他本是参军的将士,立下赫赫战功后回乡,却得知了妹妹失踪的消息。悲痛欲绝的他单枪匹马上了山,用一把柴刀生生斩杀了数十山妖,直到它们胆寒,最终逃亡。那之后,镇子才终于复兴了起来。

　　不过那已经是几十年前的事情了。镇子里的居民来了一批又一批,走了一批又一批,当初亲眼见到那场战斗的人,不是已经老死,就是早已离乡。

　　然而随着时间的推移,山妖仍然存在的言论不知怎么被传出。或许仅仅是吓唬孩子的谎言,也或许是令人胆战的现实——大人们都说,英雄已逝,而山妖就在镇外蛰伏。但凡有小孩深夜不回家,都会被其盯上。

　　很多人认为住在镇口的老人就是山妖的一员。这其实不无道理,无论是他身上到处凹凸不平的疤痕,还是那微微扭曲的笑容,都符合人们对传说中山妖的想象。

唯独少年不信这个邪。

"他们都说你是山妖，但我不信，我觉得你是好人。"少年胆战心惊地把酒壶放下，继续道，"我之前看见你喝过酒，心想你可能爱好这个，就……就……就……"

他被老人有些阴鸷的目光看得头皮发麻，咽了口唾沫，好不容易才继续道："就给您带了壶好酒。"

隔了好久，少年也没听见老人说话。越来越心虚的他终于忍受不住，颤抖着鞠了一躬，然后一溜烟跑远。

回到家中，少年越想越郁闷，直骂自己是孬货。自责一番后，太阳已经落山，抱着歉意的他披着月光，重新来到了小屋附近。

月光下，老人狰狞的面孔猛地出现在少年的眼前。

"山妖啊！！！"少年被吓得大叫一声，拔腿就逃。

老人看着少年跑远，爽朗地大笑。他甩了甩袖子，遮住手腕上新添的一道伤口，一边将山妖的尸体踢进新挖的大坑中，一边拧开少年下午送来的酒壶，痛饮一口。

"是个值得培养的好苗子。"老人笑道。

"怎么一想到山妖我就管不住腿呢，明明相信他是好人的。"少年坐在家中，又一次自责，懊悔地嘟囔着，"明天带瓶好酒去道歉吧……这次一定不能再跑了！"

童　心

"大王，您该沐浴更衣了。"尚书屈膝跪在地上，恭敬说道，"再过七日，就是您卜第一卦的时候，届时……"

"先生怎么又跪？"刚刚即位的少年皱了皱眉头，打断尚书说了一半的话。他小跑着上前，搀着尚书的胳膊，硬要将其扶起。

尚书吃了一惊，急忙摆手道："大王，这不合礼数。"

"什么礼数！"少年哼道，"我是王，礼数自然是我定的。你是长辈，我说你在我面前不用跪，你就不用跪。"

说着，少年又加了些力，终于将尚书扶起。

"这等大不敬之举，可让我如何面对先王的在天之灵……唉！"

尚书重重地叹了口气，又不放心地嘱咐道："七天后祭祀时，大王千万不要再来搀我，您务必要答应。"

"好。"少年撇了撇嘴，"迂腐！"

见少年一副满不在乎的样子，尚书也只得无奈地摇了摇头，暗自祈祷着几天之后的祭祀能安稳完成。

七天的时间转瞬过去，宫殿之中，数十名大臣单膝跪于一旁，乐声和鸣下，手捧一尊玉鼎的占卜师躬身碎步上前。

"这是从长江捕来的玄武之幼崽，请大王选卦。"

"选完之后呢？"少年问道。

///////////

占卜师笑着应道:"选完之后就是臣下的活计了,不需要大王费心。"

"我问挑完之后呢?!"少年的声音变得严厉,占卜师胆寒之时,才终于意识到面前不及弱冠之年的少年,其实已是一方霸主。

"屠宰后,以长明烛炙烤,直至龟甲裂开,则可见卦象。"

少年歪了歪头,随即狡黠一笑,接过那装着数只幼龟的玉鼎,直接倒在了地上。

少年身侧的尚书惊得眼睛都差点跳出眼眶,疾呼道:"大王,卦不是这么卜的!"

"卦象已成,风调雨顺,山河安定。"少年笑着捧起幼龟,跑出大殿,将其送入连接长江的护城河中,只留大臣们面面相觑。

周边国家的君主听闻此事,无不嘲笑少年愚蠢,一时间均认为这是侵略的好时机。他们在短短十余天内组成联军,突袭入境。

突如其来的暴雨却阻隔了所有人进攻的路。

接下来数年间,周边国家的每次袭击都被恶劣的天气阻拦。玄武虚影的传说不断出现,成为这片土地上人人乐道的谈资。

少年在位五十年,果然风调雨顺,山河安定。他直到去世时,仍存童心。

八 次

大火点燃了整座居民楼。

女孩从睡梦中惊醒时,浓烟已经笼罩了整个屋子,漆黑的烟雾遮挡了火光,让人难以看清外面逃亡的路。她只能感受到滚滚的热浪不断灼烧着皮肤,从中榨出一丝又一丝水分。

女孩身边的男人用打湿的毛巾覆盖住她的口鼻,然后将她横向抱起。

"我们会没事的。"他安慰道,眼神变得坚定。

接着,男人伏低身子,将最后一口洁净的空气深深吸入肺里。他一脚将门踹开,以此生最快的速度向外面奔逃而去。

冲到三楼时,熊熊火焰已经封住了公寓的大门。他叹了口气,低头吻上了女孩的额头,然后一拳将玻璃打碎。

男人纵身一跃,被浓烟裹挟着坠落。

女孩参加了男人的葬礼。为了护其周全,男人全身十余处骨折、大面积重度烧伤,当晚便去世了。葬礼上,女孩一滴泪都没有流,只是怔怔地看着男人的照片,一言不发。

那天后,女孩辞了工作,回到了自己的家。她终日躺在床上,双目无神地望着天花板。

父母为了哄她开心,在宠物店买回了一只小猫。然而任凭小猫如何撒娇打闹,女孩的状态仍没有任何变化。

心理医生说,她把自己的心关进了牢笼之中,而锁上牢笼的那把锁，只有她自己才能解开。她的父母朋友虽然无奈，但也无计可施，只得看着她一天天消瘦下去。

但谁也没想到，女孩会在那天攀上天台。

"如果还有来生，希望我们还能相见。"她一边想着一边倾身向前，然后跃下了天台。正在门口玩耍的猫咪看着她向下坠落的身躯，凄鸣一声，疯狂地冲了出去，然后在女孩落地前，纵身跃到了她的身下。

恍惚间，女孩又见到了男人的身影。

再醒来时，已是两天后的傍晚。女孩望着病床前的母亲，轻声道："妈……我想喝粥了。"

这是她几个月来第一次开口说话，声音嘶哑难听。

"妈，我那天好像看见他了，他说，让我好好活下去。"

床头上，前腿打着绷带的小猫往她怀中缩了缩。

"虽然什么都不方便，寿命也短，还要吃老鼠那种恶心的东西……不过……转世为这副身子，还能再救你八次。"

老　狗

"妈，我已经领完证了。"女孩安抚好老狗，单膝跪在了母亲的轮椅前，"下周日，我们两个就办酒席。"

轮椅上的女人愣了一下："你说什么？领证，领什么证？"

"结婚证呀。"女孩笑道，"都说是办酒席了，还能是什么证。您看您，我昨天刚说的，大黑都记住了，您还忘。"

"对吧大黑？"女孩冲老狗扬了扬下巴，老狗便立刻"汪汪"地叫了两声。

女人长长地"哦"了声，然后沉默下来。她的头部受过伤，记忆力衰退得厉害，以至于想些什么都要绞尽脑汁。

隔了大概数十秒，女人才重新开口道："你爸爸当初跟我说了，如果你有一天嫁出去了，就和他说一声。这样他也就能安心地转世投胎了。"

"您还记得这档子事呢？"女孩笑道。

"怎么不记得！"女人突然激动了起来，"我不记得，你不记得，到最后谁都忘了，你爸爸不是白死了？！"

女孩急忙上前安抚母亲。说来也奇怪，女人好多事都忘得差不多了，却偏偏有那么几件事记得清楚。

好半天，女人的情绪才稳定下来。

/////////

"你不知道,你那时候才十六岁,平时也不好好吃饭,瘦瘦小小的。没想到转眼间就长成大姑娘了。"女人轻声道,"九年前,是你爸爸亲手把你从废墟里托出来的。我记得可清楚了,那天呀,天摇地动的,房子都塌了。"

"后来我才知道,那可是八级大震啊!"女人叹了口气,"你说你爸爸怎么就那么厉害,这都能救下你。"

不知是第几百遍从头到尾的复述后,女孩如释重负地长舒口气,回到了自己的房间。女人怅然若失地望了望周围,将老狗抱了过来。

"如果谁都忘了,她爸爸就白死了。"女人开口道,"你不知道,她那时候才十六岁……"

她一直絮叨着,直到沉沉睡去。

"我怎么会不知道呢。"老狗望着靠在轮椅上睡着的女人,蹑手蹑脚地向黑暗处走去。在那里,一身黑袍的黑无常正等着接已完成愿望的他离开。

"不光女儿……我还亲手托出了你呢。"

玉　佛

"师父,您看,我已经把您教授我的东西修炼成了!"少年笑嘻嘻道。

他把双手合在一起又张开,一股带着淡淡金色光尘的气席卷而出。他手掌心的"卍"字符表面不时有流光闪过,即便是普通人,也能看出其不凡的气势。

老和尚却只是轻轻"嗯"了一声,连闭着的眼睛都没有睁开。

"那……"少年小心翼翼地问道,"我是不是可以下山降妖除魔了?"

"下山?下什么山?"老和尚冷哼一声,"就凭你这点能力,连我都打不过,还想下山?给妖魔送粮食?"

少年涨红了脸说:"可是……"

"多余的精力用不完,就去温养我的玉佛,别在这儿傻站着。"老和尚不容置疑地打断了少年未说完的话。

少年咬了咬牙,终于还是听从了老和尚的安排。他把内力灌入那玉佛之中,直到体内空虚为止。

时间转瞬又过去了一年,少年的修为比一年前增长了一些。他本以为这次能够得到师父的允许,下山惩恶,却没想到刚进禅房,老和尚就先一步开了口。

"内力积攒满了吗?满了就来温养玉佛。老了,不中用了,我自己的修为竟然连这玉佛都填不满了。"老和尚摇头叹气道,"总不能让我用自己的生命力来温养它吧。"

"温养玉佛、温养玉佛,每天都温养玉佛!"少年忍不住低吼道,"那尊破佛像就那么重要吗?!"

说罢,少年一声不吭地把内力灌入玉佛之中,头也不回地走了。他暗自发誓,再不踏进师父的禅房半步。

接下来的三年间,少年果然没再去见过师父,他终日修炼,内力一点一点变得深厚。

内功大成的那天,少年站在禅房门口,叫嚷着要和师父比试一番。

"你怎么还在温养那破佛像?"少年看着蹒跚着走出禅房的老和尚,皱了皱眉头,"以你现在的年纪,这么做就是在透支生命。"

老和尚却笑得眯起了眼:"孩子长大了。"

令少年诧异的是,老和尚仅仅交给他一串佛珠后,就放他下了山,也不再提佛像,甚至都没质疑少年的能力。

少年果然厉害,一路降妖除魔,一直打到妖王的山洞内,向妖王祭出了杀招。斩杀妖王的同时,他戴在手腕上的佛珠寸寸碎裂,那残珠上的部分纹路,竟和老和尚最喜欢的玉佛上的纹路一模一样。

寺庙里,原本摆着玉佛的佛龛中空空如也,正用边角料刻着玉佩的老和尚手一抖,猛地吐出一口鲜血,脸上却不禁浮起了笑意。

"孩子真的长大了。"

蠢 货

卫队长看了眼远处几个被扣押的孩子,深吸口气,推门进了首领的屋子。

"老大,那群小孩子又来偷东西了。"他小心翼翼地说道,"这次应该怎么处理?"

首领皱了皱眉,放下手中的兵书,抬头瞪了一眼面前的人。

"这么点小事也要我手把手教你怎么做吗?该怎么处理就怎么处理,选你当队长是信任你,让你为我分忧,而不是让你天天用这种鸡毛蒜皮的事给我添堵。"

"是我辜负老大的信任了。"卫队长急忙道歉,然后话锋一转,"可是老大,咱们要是能把那些粮食运到其他地方,这群孩子不就没机会……"

首领眯起眼睛,冷声道:"你是老大我是老大?"

卫队长心中惋惜地暗叹,表面却连连称是:"一切依老大的吩咐。"

首领挥了挥手,继续低下头研读兵法。

卫队长擦了擦额头上的冷汗,然后退了出来。他整了整仪容,迈着步子走到那群孩子面前,将看押的守卫都打发离开。

"小兔崽子们,能不能让我省点心?"他压低声音道,"我们老大现在是不在乎这些小事,但你们做得也太蠢了,偷东西次次被抓,早晚我也保不住你们。

"记着,这是山贼的大本营,我虽然是队长,但也不能总做偷了东西还放你们走这种不服众的事。"卫队长在几个孩子手中塞了铜板,道,"饶你们最后一次,别再来了。"

孩子们点了点头,一溜烟跑了。

话虽如此,半夜灯都熄灭后,却依旧有孩子翻进山寨踩点。

首领听见声音,从床上翻身起来,看着外面笨手笨脚的孩子,他不禁气得骂娘。

"蠢货,东西全都摆在外面你都偷不到,我总不能派人把粮食直接送到你家里吧?"首领一边在纸上疾书,一边愤恨道,"这种事做出来,还让我怎么服众?活该你们挨饿!"

说是这样说,首领却仍把纸团捏成球,扔了出去,正砸在门口孩子的后脑勺儿上。

孩子被吓了一跳,急忙蹲下,把纸团捡起展开。

纸团上半部分写着守卫换岗的时间,下半部分则写了巨大的"蠢货"二字。

"骂什么人嘛……"孩子委屈地抬手去揉后脑勺儿,手臂碰倒了门口摆放的梯子。

巨大的声音响彻了整座大营。

"蠢货!!!"一时间,至少有七八个不同的声音同时吼道,然后是诡异的寂静。

"卫队长,是你在那边吗?还有刚才那个声音听上去……是不是……首领?"巡逻的士兵小心翼翼地问道,"这……还抓吗?"

卫队长咬牙切齿道:"抓!"

公　主

小公主是王宫中最没有存在感的人。

出生时难产导致她从小体弱多病。身材瘦小、性格内向的她，既没有兄长那般英武，也没有两个姐姐那般讨人欢心。

幼年的那段时间倒还好。唯一护着她的母亲在她五岁那年去世，国王却把母亲的死归罪于生她时元气大伤所致。

从那以后，无依无靠、逆来顺受的小公主在王宫中的地位越来越低，到了她十五六岁时，甚至连刚进宫的嫔妃都敢呵斥她。

王国庆典那天，小公主默默地跟在队伍的最后面，逐渐与人群拉开了距离，最后被孤零零地留在了路中央。

远处的少年看着默默掉眼泪的小公主，皱了皱眉头，猛然化为一条巨龙，向其直扑而去。

巨龙掠走了公主，并挑衅地留下了信。紧接着，事情传遍了整个王国。国王下重金征选讨伐巨龙的勇士，群情激愤间，这个最小的公主的尊号也随之传开。

即便小公主是王宫中最没有存在感的人，却依然代表了王室的尊严。

三个月后，巨龙居住的古堡下，王国中最顶尖的几十名勇士执利剑与圆盾，蓄势待发。少年探头看着，不禁吞了口口水。

小公主藏在少年身后，用颤巍巍的声音问道："非要和他们打吗？"

少年点了点头。

///////////

"早晚有一天，你会长成大姑娘的。"少年正色道，"那时候的你将是最耀眼的明星，下面的这些人，也将不再仅仅为了荣华而对你趋之若鹜。但是在此之前——你得有登上舞台的机会。"

"可是你在抖呢……"公主小声道，"现在已经有很多人知道我了呀，你把我交出去，目的不也达成了吗？"

"你的话怎么这么多！"少年转过头吼道，耳朵泛起了红色。

公主愣了下，缩回到少年的身后。她把耳朵靠在少年的后背，轻声道："我也喜欢你。"

财　迷

"你怎么还在这儿？"少年皱了皱眉头，"不要以为我上次放过你，这次也不抓你了。"

小狐妖笑眯眯地眨了眨眼睛说："等你呀。"

少年颇感头痛地揉了揉太阳穴。他本来拜师于附近道观的财迷道长，学习猎妖，然而出关数次，却次次碰壁——眼前的小狐妖可爱得很，少年不忍捕她，反被她天天缠着。

时间长了，少年虽仍摆脸色，心里却不由得软了起来。再后来，英雄终也抵不过绕指柔。

"我总得攒点老婆本吧？"少年揉了揉小狐妖的头发，"等攒够了钱，我就娶你。"

两年转眼过去。这天清晨，少年正美滋滋地数着钱，房门却被老道士一脚踹开。

"徒弟呀，记不记得为师当初给你说的七尾狐妖？"老道士的眼睛闪闪发亮，"她的踪迹又暴露啦！这次你可务必得抓住她，这个七尾狐的筋骨可值钱着呢，三两能换……"

"师父！"少年一怔，打断道，"就不能放过她吗？"

老道士的眉头一竖，将自己的宝葫芦塞进少年的怀里说："什么话！这次方圆百里的猎妖师可都在寻她，这钱要是让别人赚走了，可别怪我不客气！"

说罢，老道士也不顾少年的反应，优哉游哉地回大殿打坐去了。

少年跺了跺脚，把葫芦随手塞进包里，狂奔着出了门。刚过树林，那小狐妖果然如往常般等着他。

"快跑！"少年拉起小狐妖便逃，"现在方圆百里所有的猎妖师都在找你，你再不走……"

话未说完，少年包裹中的宝葫芦自行飞出，猛地将小狐妖吸入其中。少年愣愣地看着葫芦跌落在地，他捡起石头去砸，直到手被石头磨得满是鲜血，也不曾损伤葫芦分毫。

少年回到了道观，他一言不发地收拾好行李，又从枕头下面摸出了最近几年攒下的所有银子，叹了口气，转身出门了。

主殿门口，少年跪着，把装着银子的钱袋和宝葫芦放到师父的面前。

"师父，这是我这么多年攒下来的钱，本来……"少年有些哽咽，"算了，这些钱就用来报答师父的恩情，恕弟子不孝，以后不再居于师门。"

老道士接过钱袋，笑得眼睛都眯成了缝。接着，他抬指一挑，揭开了宝葫芦的盖子。

"死老头，收了我的钱，竟然还敢用葫芦关我！"小狐妖愤然跃出，"你到底给没给你的木头徒弟……说娶我的事情。"

"哎呀，差点忘了！"老道士一拍脑门儿，"为师命令你娶她。"

少年愣愣地看着小狐妖，然后猛地转过头，盯着老道士手中的钱袋。

"看什么看，小兔崽子，老子都损失一条七尾狐了，要你点报酬怎么了！"老道士急忙把钱袋塞进怀里，"娶你的亲去，别惦记老子的钱！"

巫 师

"爸爸你看!"女孩叫道,"是巫师!"

男人顺着女儿指尖的方向看去,公园尽头的长椅边,一个戴着破烂尖帽的老头正打着呼噜,显然睡得正香。

"那只是个流浪汉而已。"男人摇了摇头道,"世界上没有什么巫师,即便有,也不可能生活得这么落魄——你看他的双脚,连鞋子都没穿。"

"那他好可怜啊!比我还可怜,"女孩抬起手,摸了摸自己被帽子遮挡住的头顶,"我虽然没有了头发,但还有好看的小帽子,他连帽子都是破破烂烂的。"

男人只觉得心脏仿佛被一只巨手攥住,他强压下悲伤,笑着对女儿说:"那咱们送他一顶新帽子好不好?"

几分钟后,男人和女孩的手里都拎着装得满满的袋子,来到长椅旁边。

"流浪汉先生!"女孩推了推老头,轻声叫道,"我们给您带了衣服和食物。"

"流什么浪,老子可是巫师!食物?!"老头因不耐烦而挥动的手僵住,整个人蹿了起来,两眼放光地盯着袋子。

"你是巫师!那你能帮我把头发变出来吗?"女孩把袋子交到老头的手中,惊喜道,"我得了病,治疗的时候头发都掉光了,同学们都笑话我是小秃子。"

"好说!"老头一边狼吞虎咽,一边含含糊糊道,手上却没有什么要施法的动作。

"该走了。"男人把装着新衣服的袋子放在长椅边上,拉了拉女孩的手。女孩这才叹了口气,有些失望地跟在父亲身后走远。

女孩回家时,天已经黑了,准备睡觉前,她却意外发现窗外有个老头戴着她亲自挑选的尖顶帽走过。

她急忙跑去厨房,拿来了晚餐剩下的一只火鸡腿。

"流浪汉先生!"女孩悄悄把窗户推开一条缝,"你饿不饿?"

老头被吓了一跳,刚想骂出声来的他转身看到女孩手中端着的食物,立刻变了张脸。

"给我的?"老头有些脸红地搓着手,"这个……现在巫师这个行当不好干呀,穷得要死。"

女孩这次却只当老头是在逗她开心,也没在意,伸手把盘子递了过去。

"嗯,那个,谢谢款待。"老头把鸡肉塞得满嘴都是,"这个就算是给你付之前那个愿望的利息吧。"

他打了个响指,一串肿瘤赫然飘浮于空中,被金色的火焰灼成灰烬。月光下,女孩的头顶有短短的发丝钻出。

少 年

女人向刚刚回家的儿子招了招手，笑道："哎，儿子，你看妈找到了什么？"

她从背后掏出两本册子，册子的封面歪歪扭扭画着骑士乘着战马的背影——他手中正擎着长枪，策马向那条巨大的恶龙狂奔而去。

男人有些脸红，那是他少年时期占用听课的时间画出来的漫画。

"你从哪儿翻出来这些老古董的？什么骑士公主恶龙的，都是小孩子才信的东西。"男人撇了撇嘴，"妈，我都二十五了。现在的社会谁还吃这一套啊，遇到事，谁不躲谁是傻子。"

"不管你嘴上多少大道理，在父母眼里你永远都是孩子。"女人哼道，"你还知道自己二十五啊，也不见你找个女朋友回来。"

男人被口水呛了下，有些窘迫地应道："最近就找，最近就找。"

女人这才满意地点了点头。她转过身，把手中的册子扬起，说："这几本漫画我扔了？"

男人怔了怔，扫了眼册子上幼稚的线条，点了点头。

"不要了。"

册子被扔在一纸箱破旧玩具中，被女人一并扔出了家门。

饭菜被端上了桌，本以为自己不会在意的男人坐在饭桌前，脑海中却不断闪过年少时的画面。一顿晚饭，他吃得匆匆忙忙，刚放下筷子，男人就直奔门外。

/////////

　　那装着破旧玩具的箱子已经不见了踪影。
　　"垃圾？应该被捡废品的老头带走了吧？"保安小哥答道。
　　然而当男人赶到老人家中时，收废品的车却刚刚开走。他失魂落魄地向老人道过谢，往家走去。经过街口时，一丝求救声传入他的耳中。
　　男人加快步伐往前走了几步，然后迟疑地停了下来。
　　"我就是个傻子。"他啐了口唾沫，转身走进巷子。
　　"小子，别多管闲事。"一身酒气的流氓松开了女孩的手腕，手中的弹簧刀出了鞘。男人一声不吭，迎了上去，伴随着弹簧刀刺入身体的声音，他一拳将流氓打倒。
　　女孩被友人接走，临行前留下了男人的电话，说要请客答谢。男人笑着与其告别，私下里却疑惑地用手指抚摸着小腹——那里本该有道伤口。
　　"你怎么样？"公主和巨龙围在骑士身边，担心地问道。
　　"这点小伤，不算什么。"骑士一边包扎着伤口，一边冷哼道，"还算他有点良心，知道出来找咱们，否则我才懒得救他。对了，你俩把纸箱放到该放的地方了吧？"
　　男人无意中踢到了什么，停下脚步。他把疑惑抛在脑后，惊喜地抱起了一箱破旧的玩具。

贪 吃 猫

"你怎么这么贪吃啊!"

女孩无奈地抓起一把猫粮,撒到猫的食盆里。这是今天的第五餐,她家的猫特别能吃,每天总是缠着她,索要食物。

咚咚咚,门响了。

"谁呀?"女孩把猫粮放在脚边,揉了揉猫的小脑袋,跑去开门。

她刚打开一条门缝,一只手便伸了进来,撑住了门,接着是身躯。几个人将门强行推开,拥了进来。

歹徒一脚将猫粮踢开,掏出了刀。猫一声惨叫,飞扑向猫粮。

女孩吓了一跳,急忙后退,把自己关在卧室里,用力锁上了门。

"你觉得有用吗?"门外传来歹徒不屑的声音,"我看你还是乖乖出来,把值钱的东西交给我们,这锁救不了你的。"

"说得对啊。"一个咬牙切齿的声音响起,"你们的刀也救不了你。"

接着是几声惨叫。

女孩躲了一会儿,听到外面没了声音,小心翼翼地打开了门。

一个猫耳少年倚在墙边,甩着尾巴,拿着猫粮袋子大快朵颐,周围是四个躺在地上哼哼唧唧的歹徒。

见女孩出来,他急忙把袋子藏到身后,脸涨得通红。

"真不是我贪吃。"少年磕磕巴巴地解释道,"就是……就是变成人消耗有点大……"

恶　龙

山上有条恶龙，蛊惑人心、残忍至极、坐拥金银财宝。传说龙血能使人延寿，龙珠能让人长生，龙鳞、龙筋均可制成神兵利器，左右战争的结果。凡为骑士，最大的荣誉，就是屠龙封爵。

少年从小就梦想着能屠龙。

为此，他努力练习武技，先揍村里的混混，再揍镇里的混混，最后甚至放倒了王都的混混。少年名声大噪，以至于引来了国王的关注，国王赐了他屠龙所需的盔甲宝剑，封他为骑士。

少年志得意满地前往恶龙盘踞的城堡，在半山腰，遇到了一身女巫打扮的少女。

"你要去屠龙？"小女巫打量着少年。

少年点点头："那恶龙盘踞已久，这么多年，无数勇士在它面前落败，是时候由我来终结它的恶行了！"

说着，少年挥了挥手中的剑，扬起一片光影。

"说大话倒是挺厉害，就是不知道有没有真本事。"小女巫笑道，"你没见过那条龙吧？我见过，威猛得很，有好几米高呢，还能吐毒、吐火，可厉害了！"

"那也挡不住我一剑！我可是王国最强的骑士，国王在等我凯旋。"

小女巫狡黠地眨了眨眼，挥动法杖，"砰"的一声，烟雾四起。少年一阵咳嗽，还不等他有所反应，巨龙已经将他握在爪中。少年奋力挣扎，却无济于事。

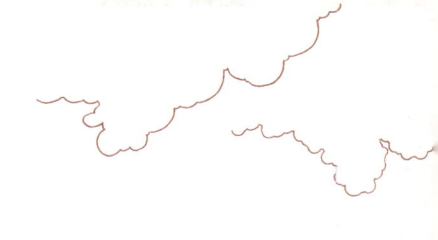

又是"砰"的一声,小女巫重新站在少年面前,捏了捏他的脸:"那些人叫你送死,你就来呀?真以为国王会在乎你?傻不傻?真正的巨龙可比我刚才用法术变出来的厉害多了。"

少年蒙了:"那怎么办?"

小女巫皱眉想了会儿,道:"集训!"

最初的三个月,少年每日都要被小女巫变的巨龙虐待。慢慢地,少年终于可以招架住些许攻击。再后来,少年甚至偶尔能跟小女巫打个平手。一年过去了,少年下过几次山,但并未回王都。他听说外面的人都以为自己死了,可王国并未给予他任何荣誉,他意识到,大概真的没人在乎自己。

这天,少年终于打败了小女巫。

他收回架在龙颈上的剑,望着变回人形的小女巫,叹了口气,道:"我不屠龙了。"

小女巫怔了下:"那你岂不是白受我这一年虐待了?"

"不白受,"少年摆手道,"最起码武技比以前进步了许多。更何况还认识了……"

"什么?"

"没什么,"少年摇头笑笑,"我要下山了,你以后要小心。"

两天后,少年回到了王都。

等待他的是禁卫军的层层包围。国王站在禁卫军身后,满眼的贪婪,道:"龙珠呢?"

少年早就料到了现在的情境,他摊了摊手:"我没屠龙。"

"你说谎!"国王怒道,"那龙残忍至极,我派去的士兵,从来没人能活着回来!你却回来了,难不成是它大发善心放了你?!"

"那龙是很残忍,足足虐待了我一年。"少年轻声道,"不过她更会蛊惑人心,让我心甘情愿受这虐待。"

"杀了你,就知道你都带什么回来了。"国王不耐烦道,他没听懂少年说了什么,也不再想听少年的废话,他抬手,禁卫军抽刀,向少年逼近。

阳光被巨大的翅膀遮挡,巨龙咆哮着降落,向禁卫军喷吐火焰,又猛地将国王握在爪中。

"你真的想知道他带什么回来了?"巨龙冷声道,"龙珠、龙血、龙鳞、龙筋,还有我这一颗龙心,所有东西都摆在你面前了。"

"他带回了一整条龙。"

©中南博集天卷文化传媒有限公司。本书版权受法律保护。未经权利人许可，任何人不得以任何方式使用本书包括正文、插图、封面、版式等任何部分内容，违者将受到法律制裁。

图书在版编目（CIP）数据

嘿，小家伙 / 温酒著. -- 长沙：湖南文艺出版社，2023.1

ISBN 978-7-5726-0930-5

Ⅰ.①嘿… Ⅱ.①温… Ⅲ.①故事－作品集－中国－当代 Ⅳ.① I247.81

中国版本图书馆 CIP 数据核字（2022）第 210713 号

上架建议：畅销·文学

HEI, XIAOJIAHUO
嘿，小家伙

著　　者：	温　酒
出 版 人：	陈新文
责任编辑：	吕苗莉
监　　制：	邢越超
策划编辑：	刘　筝
特约编辑：	尹　晶
营销支持：	文刀刀
版式设计：	李　洁
封面设计：	梁秋晨
内文插图：	鹿柯珂
封面插图：	成佩轩
出　　版：	湖南文艺出版社
	（长沙市雨花区东二环一段 508 号　邮编：410014）
网　　址：	www.hnwy.net
印　　刷：	三河市中晟雅豪印务有限公司
经　　销：	新华书店
开　　本：	875mm×1230mm　1/32
字　　数：	216 千字
印　　张：	9.75
版　　次：	2023 年 1 月第 1 版
印　　次：	2023 年 1 月第 1 次印刷
书　　号：	ISBN 978-7-5726-0930-5
定　　价：	49.80 元

若有质量问题，请致电质量监督电话：010-59096394
团购电话：010-59320018

嘿，小家伙